Böhmische Silberhochzeit

„*Šťastnou cestu!*" heisst wortwörtlich „Glückliche Wege!"
und ist die tschechische Art eine gute Reise zu wünschen.

JP BOUZAC

Böhmische Silberhochzeit

Glückliche Wege!

mit einem Beitrag von
Gerhard Rummel

Und einem Gedicht
von Hanuš Hachenburg

© 2018 JP Bouzac (Fonduja – Les éditions virtuelles du fond du jardin), 4. erweiterte Auflage

Herstellung und Verlag:

BoD – Books on Demand, Norderstedt

ISBN: 9783748137580

Preis: 9.00 €

Umschlag:

Fotos von JP Bouzac © (Aussicht vom Kampa Museum, Prag, 2013) und Sabine Renault © (Porträt des Autors in der Nationalen Galerie, Prag, 2013)

Sonstige Fotos: JP Bouzac ©, außer im Kapitel „Gerhard in Prag" (Autor unbekannt)

Meinen Eltern gewidmet,

Louis-Clément Renault (1925-2015)

Marcelle Renault, geboren Charbonnier (1930-2017)

Marcelle & Louis-Clément Renault, Prag, 24. August 1997

Meinem Freund
Dr. Gordon Tung-Chin Kung (1973-2015), Taiwan, gewidmet.

Gordon was a living bridge between Asia and the rest of the world. Together we have admired the Butterfly Kingdom; in the City of Mostar we did enjoy like children the peaceful mood after the disaster and the pure green waters of the Neretva River.

Gordon, Mostar, Bosnien-Herzegowina, Juni 2014

Das haben die Damen gesagt:

In diesem Augenblick fesselte Herrn Růžička der Blick aus dem Fenster ganz besonders. Er stand auf und wies in die Krone des Kastanienbaums im Park auf der Insel Kampa. Mit donnerartigem Geräusch fiel ein Blättchen in der stillen Dämmerung herab, und in dem Raum, der dadurch frei wurde, schimmerte zwischen den Zweigen der Umriß eines Brückenpfeilers.

Er schaute auf die Uhr. „Und der Herbst ist gekommen" sagte er, „in diesem Jahr begann er um sieben Uhr zehn".

Jindřiška Smetanová

Aus der Erzählung *„Wie man auf der Insel Kampa den Frühling erkennt"*, in **„Hinter Prager Fenster"**, Vitalis, Prag, 1997, S. 24

„Sie sagen das alles so sachlich. Ohne eine Spur von Haß in der Stimme."

„Haß? Der nützt nicht, vergällt nur das Leben."

„Und Trauer?"

„Trauer bleibt, füllt für immer einen Winkel der Seele."

Lenka Reinerova

Aus der Erzählung *„Kein Mensch auf der Straße"*, in **„Mandelduft"**, Erzählungen, Aufbau Verlag, Berlin, 1998, S. 28

„Der Tscheche an sich... und dann kam etwas Undiplomatisches."

So erinnert sich der gebürtige Berliner Peter an den Lieblingsspruch seiner aus dem Sudetenland vertriebenen...

Oma

Häuser in Český Krumlov, JP Bouzac, Bleistift und Aquarell auf Papier, 2018, durch „Krumau Häuserbogen (Die Kleine Stadt V)" Egon Schiele, Ölfarben auf Leinwand, inspiriert, 1915

Inhaltsverzeichnis

Vorwort für Henry

In einer Welt, in der, ohne mit der Wimper zu zucken für eine Woche nach Bali oder für zwei Tage nach New York geflogen wird, liegt ein fantastisches Land direkt vor der Tür, beinah alles bietend. Sogenannte Traumstrände unter Palmen sind dort eher rar. Es sei denn Sie sind Poet: *denn Böhmen liegt für Lyriker bekanntlich am Meer*[1].

Ich schreibe gerne Böhmen, auch wenn es in der deutschen Sprache nicht ganz modern ist oder auch gerade deshalb. Böhmen ist auf alle Fälle *in Böhmen*, oder besser *in den Böhmen*, wie dort gesagt wird, ganz aktuell. Und darauf kommt es an.

Bei Prag ist die Sache leichter. Die Hauptstadt der Tschechischen Republik (geht doch!) gehört längst zum exklusiven Club der Lieblingsstädte dieser Welt. Beinah wäre sie an so viel Zuneigung erstickt. Sie hat sich inzwischen berappelt und ist nun zu jeder Jahreszeit wunderbar anzuschauen und zu erleben. Allein werden Sie dabei sicherlich nicht sein. In Venedig, Paris oder Schanghai auch nicht.

Dieses Land ist meiner deutschen Familie allgegenwärtig. Schon als Kind war mein lieber Schwiegervater dort. Wieso und warum erfahren Sie im Kapitel *„Gerhard in Prag"*.

Was mich betrifft, bin ich erst seit 1990 mit meiner Frau und mit Böhmen verheiratet. Immerhin die Silbermedaille. Diesem ersten honigmondartigen Besuch folgten weitere zu zweit, oder mit Verwandten und Freunden. Davon erzählen die *„Kleinen Prager Geschichten"*.

Böhmen lebt nicht nur in Böhmen, sondern auch in unzähligen Büchern, Filmen… und auch in meiner Wahlheimat Berlin. Und so fängt nun mal die Geschichte an.

---

1 *Zitat aus „chronos krumlov" von Harry Oberländer, 2015 (frei nach Shakespeare)*

1

Prag in Berlin: Hrabal

An diesem kalten Dezemberabend laufe ich direkt von der Arbeit am ehemaligen Checkpoint Charlie durch die vom beißenden Ostwind leer gefegten Straßen zur Botschaft Tschechiens.

„Zum Gedenken an den vor hundert Jahren geborenen Autor Bohumil Hrabal, den vielleicht bedeutendsten tschechischen Schriftsteller des zwanzigsten Jahrhunderts", so steht es in der Einladung des Festivals tschechischer Kunst und Kultur zur musikalisch-literarischen Aufführung mit dem Titel „Ich habe den englischen König bedient".

Das quadratische Gebäude der tschechischen Botschaft an der Ecke Wilhelmstrasse und Mohrenstrasse habe ich in den letzten Jahren liebgewonnen. Von außen sieht das Werk aus den 70er Jahren wirklich ein wenig so aus, wie die damalige neue Vertretung der ČSSR in Berlin, Hauptstadt der DDR, gleich vom frechen Volksmund genannt wurde: das UFO.

Wer sich für Architektur interessiert weiß, dass der Kasten im brutalistischen Stil erbaut wurde. Das hat weder mit Science fiction noch mit Brutalität zu tun, sondern ausschließlich mit dem rohen Zustand des benutzten Betons.

Béton brut, wie Le Corbusier, einer der bekanntesten Vertreter dieser Architekturrichtung dazu sagte. Wie die meisten Ignoranten hätte ich vor gar nicht so langer Zeit einfach gedacht, diese Immobilie hätte gar keinen Architekten als Vater gehabt.

Vielleicht war der Kasten als Großausgabe einer Lego-Konstruktion zu Werbezwecken oder als Infobox entstanden? Oder womöglich doch in einer mondlosen, nebligen Nacht direkt am damaligen Sperrgebiet heimlich gelandet?

Die Realität ist bekannterweise meist besser, jedenfalls komplexer als die Fiktion. So hat das im Berliner Himmel schwebende Objekt zwei (je nach Quelle manchmal gleich drei) Elternteile: die Tschechen Věra Machoninova und ihren Mann Vladimír Machonin (zusammen mit dem Deutschen Klaus

2

Pätzmann?). Und neben dem obligatorischen rohen Beton besteht es vor allem aus Stahl, Granit und Glas...

Heute reicht die Schlange für die Anmeldung bis vor die Tür. Zum Glück muss niemand draußen warten. Die Besucher scheinen mit dem Stammgastpublikum identisch zu sein, nur dass es in noch größerer Zahl erschienen ist. Es sind viele graue und weiße Köpfe dabei, aber auch junge Menschen. In der Schlange wird in Deutsch, in Tschechisch sowie in weiteren Sprachen mit und ohne Akzent gesprochen.

Großstadtflair wie es sich gehört und es mich nach so vielen Jahren nach der Flucht aus meinem südwestfranzösischen Dorf immer noch glücklich macht.

Nun laufe ich die Eingangstreppe hoch zu den bunten Repräsentationsräumen. Der Kontrast zur Außenansicht ist perfekt. Dunkle Holztäfelungen liefern einen idealen Hintergrund für die knallig roten und senffarbenen Flächen und Möbelstücke, allesamt im originalen Zustand der Spätsiebziger, eigens für dieses Gebäude erschaffen.

Vorbei an der noch unbesetzten Bar betrete ich das Auditorium und nehme einen der wenigen freien Sitze am Ende einer Reihe vorläufig in Besitz. Eine halbe Stunde vor Beginn ist der Raum bereits mehr als halb voll. Das habe ich noch nicht erlebt.

Ich lasse meine Augen über die roten Bretter an den Wänden schweifen und denke innerlich *"Hoffentlich ist das alles denkmalgeschützt!"*[2] Als die Veranstaltung offiziell eröffnet wird, ist der letzte Platz besetzt, alle Sitze sowieso und jede auch noch so unbequeme Notsitzgelegenheit auf den Treppen ebenfalls. Auf diesem extraterritorialen Gebiet hat der TÜV eh nichts verloren.

Angekündigt werden die Schauspieler Ute Kannenberg und Manfred Eisner, der Oscar-Preisträger und Regisseur Jiří Menzel, das *Independent Jazz Quartet Berlin* mit dem Saxofonisten

---

2 *Das ist nun für das gesamte Gebäude der Fall (Februar 2018)*

Rolf Römer. Mit von der Partie ist, wer hätte das gedacht, der sympathische Speziall'Gast Oli Bott, Vibrafonist. Treue Besucher des Hauses kennen alle Mitwirkenden und freuen sich im Voraus.

Auditorium der Tschechischen Botschaft, Berlin, Januar 2018

Erlebt habe ich den Schauspieler Manfred Eisner und all die Musiker mit Ausnahme eines jungen Trompeters das letzte Mal vor kurzem im LiteraturHaus Berlin. Bei der Veranstaltung zum Gedenken an den vor achtundsiebzig Jahren geborenen Dramatiker und Politiker Václav Havel, mitten in der Bohumil-Hrabal-Ausstellung *"Gesammelte Rohheiten"*. Die Welt ist klein und die tschechische Kultur riesig, wenn auch womöglich durch eine gewisse Rohheit geprägt.

An dieser Stelle fehlt nur noch ein Beispiel für einen erfolgreichen emigrierten Literaten, sagen wir mal... den Neufranzosen Milan Kundera. So hätten wir drei mögliche Lebenswege der Schriftsteller und weiterer Intellektuelle in Zeiten der kommunistischen Tschechoslowakei wohl stark vereinfacht vereint: die Flucht ins Ausland à la Kundera, der offene Widerstand eines Havels, der (faule?) Kompromiss mit der Diktatur nach Hrabals Art.

4

Schweigen oder sterben waren nicht nur aus der Sicht des egoistischen Lesers weit schlechtere Alternativen.

Von Hrabal hatte ich vor diesem Tag nur ein ziemlich unbekanntes Büchlein gelesen: *„Die Katze Autitschko"*, eine leidenschaftliche und zugleich barocke Liebeserklärung an das Leben und natürlich an die Katzen. Der kleine autobiographische Band, in einer Buchhandlung in Prag erworben, ist voller Humor und dennoch reichlich skurril. So ist der große Katzenliebhaber auch gleich ein Katzenmassenmörder, aus Liebe versteht sich.

Er fürchtet sich zu Tode vor einer Zigeunerin, die ihm vorhergesagt hat, er würde sich an einem bestimmten Baum in seinem Garten, im Garten seiner geliebten Datscha, irgendwann erhängen. Das kränkliche Gewächs schneidet er daraufhin so radikal zurück, dass dieser nach bewährtem Gärtnerwissen kaum noch Chancen hat, den nächsten Frühling zu erleben. Und siehe da, der Baum wächst und wächst und wird immer prächtiger!

Hrabal hat sich nicht erhängt. Ob er letztendlich den freiwilligen Tod gewählt hat, ist umstritten und so wird es auch bleiben. Seine Vorhersage eines bevorstehenden vierten Prager Fenstersturzes hat sich jedenfalls bewahrheitet.

Mein Gesamteindruck nach diesem ersten Buch des Meisters war eher gemischt und ich hätte nicht gedacht, so schnell wieder ein Werk von Hrabal in Händen zu halten. Nach der Lesung am 2. Dezember 2014 war alles anders. Schon am Tag danach bin ich in die nächste Buchhandlung gestürzt, habe mir das gute Stück geholt und es anschließend mit Lichtgeschwindigkeit eingeatmet.

Ute Kannenberg und Manfred Eisner hatten genügend gut ausgesuchte Auszüge aus dem Buch vorgelesen, um es schmackhaft zu machen. Das anschließende Gespräch zwischen dem Kameramann Štěpán Benda und dem Regisseur Jiří Menzel, der dieses und viele weitere Bücher Hrabals verfilmt hat, kann ich jetzt besser verstehen. Den Film muss ich noch unbedingt sehen! Es müsste ja klappen[3].

Laut Herrn Menzel sind *„Leser meist schlauer als Kinozuschauer. Deshalb müssen Bücher bei ihrer Verfilmung stark vereinfacht werden"* meinte er. Fakt ist, wenn er alle Details dieses Buches in Bildern verarbeitet hätte, wäre die sowjetische Fassung von Krieg und Frieden ein Kurzfilm dagegen.

Nach der Veranstaltung fuhr ich mit U- und S-Bahn in den Speckgürtel zurück. Ich befand mich in einer böhmisch-euphorisierten Stimmung. Dabei hatte ich gar nichts getrunken, außer Worte. Ich fragte mich wie ich in diesen glücklichen Zustand geraten war.

In meiner Jugend im nichtsozialistischen Ausland existierte die Tschechoslowakei, wenn überhaupt, im Geschichtsunterricht, also gar nicht.

In meiner Familie hatten wir immerhin drei Länder aus dem Ostblock, aus verschiedenen Gründen und ohne jeden Zwang, ins Herz geschlossen. Ganz oben auf der Liste stand Polen, wahrscheinlich als Folge eines lebendig gewordenen positiven Vorurteils[4].

Jugoslawien, für uns West-Wessis auch Teil des Ostblocks, nahm einen ganz besonderen Platz ein: dort hatte Gaston, mein Großvater väterlicherseits, als Sanitäter den ersten Weltkrieg erlebt und durch ein Wunder mehr tot als lebendig überlebt.

So fuhren wir von Cognac aus an Ostern 1970 dorthin und entdeckten den Norden des Landes unter einer mitteldicken Schneedecke.

---

3 *Es hat - Matthias sei Dank! - auch geklappt: eine wirklich sehr empfehlenswerte Verfilmung dieser eigenwilligen Geschichte.*
4 *Vgl. "Rendez-vous mit Polską", fonduja, 2014*

Die Schönheit der herben Landschaften an der Küste wie im Inneren und die extreme Gastfreundlichkeit der Einwohner trotz eklatanter Kommunikationsschwierigkeiten hatten es uns angetan. Wir kamen wieder, als Sommertouristen.

Im Osten hatte die Sowjetunion - für uns die UdSSR (Franz.: URSS) - das Sagen. Sie gehörte zu den unangefochtenen Siegermächten. Von diesem Statut träumt Frankreich heute noch...

Und die UdSSR war in Sachen Propaganda nicht gerade zimperlich. Meine Eltern waren freiwillige und glückliche Mitglieder des Vereins France-URSS und wir Kinder waren immer dabei. Dieser Verein hatte die Vertiefung der ewigen Freundschaft zwischen zwei *Grandes Nations* zum erklärten Ziel.

Dabei war die französische Vereinsführung gegenüber dem sowjetischen System alles andere als regimetreu und zurückhaltend.

In dieser Hinsicht stellte die international bekannte und in der UdSSR schon wegen ihrer Liebe zur Legende Wladimir Wyssozki besonders verehrten Schauspielerin Marina Vlady vielleicht das beste Beispiel dar.

Wir bekamen monatlich ein buntes Heft nach Hause, in dem die zahlreichen Errungenschaften der UdSSR lang und breit erläutert wurden. Die Kultur kam auch nicht zu kurz. In jeder Ausgabe gab es eine Kurzgeschichte aus einer Teilrepublik mit unaussprechlichem Namen, die irgendwo im Kaukasus oder in Sibirien lag. Exotik pur.

Und vielleicht eine Art Gegenpol zur Exotik nach französischer Façon: als Folge seiner Kolonialgeschichte ist Frankreich bis heute (wenn auch recht bescheiden) überall auf der Welt vertreten. Die UdSSR war der größte weiße Fleck auf dieser Weltkarte.

Fest steht, dass wir keinen Auftritt einer Volkstanzgruppe aus dem Imperium im Theater von Cognac je verpasst haben. Und diese immer ausgebuchten Darbietungen gab es im Jahresturnus! Ganz schön ambitioniert für so eine kleine Stadt.

Der Bestand an Langspielplatten der Marken Melodija und Le Chant du Monde in der Sammlung meiner Eltern war beachtlich. Ich las mit großem Vergnügen die Jugendzeitung Pif gadget. Und wusste gar nicht, dass diese von den Kommunisten herausgegeben wurde.

Vielleicht erklärt es doch meine Entscheidung, als ich mir mit siebzehn Frühligen plötzlich eine Reise auswählen durfte, egal wohin. Ich entdeckte Leningrad, Moskau[5] und Kiew. In der Schule hatte keiner dafür Verständnis. Schließlich hätte ich die USA besuchen können...

Der Einzige, der meine Wahl akzeptierte, wollte mich auch gleich nach meiner Rückkehr verprügeln, nachdem er meinen aus seiner Sicht respektlosen Reisebericht in der Schulzeitung[6] gelesen hatte.

Dieses Muskelpaket und Sohn eines kommunistischen Winzers, einer damals stark verbreiteten Spezies in der Region, durch den Besitz großer Mercedes gut zu identifizieren, war nicht leicht zu beruhigen. Nach langem Zureden nahm er mir doch ab, dass die von mir beschriebenen Schlaglöcher im Zentrum von Leningrad durch den harten Winter verursacht wurden und gar kein Beweis für die Schwächen des Systems seien. Wie gerne würde ich ihn heute zu einer Fahrt durch die deutsche Hauptstadtregion zur Inspektion des Straßennetzes im Frühling einladen...

Apropos Berlin: Ich musste erst hierherziehen und bleiben, um das benachbarte Land im Süden mit der Form einer nach Osten schauenden Schildkröte wahrzunehmen. Klar hatte ich Kafka, Kundera und die Geschichten des braven Soldaten Schwejk schon längst und mit großer Bewunderung, ja sogar mit Freude gelesen.

---

5 Vgl. „Roter Platz im Schneesturm", in: „20 Jahre in Preußen", Rh ombos Verlag, Berlin, 2007
6 Vgl. „Leningrad (Venise la rouge)", Le Maelström, N°2, 1979, Lycée Jean Monnet

Aber das war es auch. Der erste war deutschsprachiger Jude, der zweite Franzose mit mährischem Hintergrund, der dritte ein unheimlich sympathischer Antimilitarist[7].

Was Dvořák (wir sagten Dworak), Janáček und Smetana angeht, sie gehörten einfach dazu wie Grieg, Bartok oder Granados. Bis heute wird das bekannteste Stück von Smetana in Frankreich *la Moldau* genannt und so heißt auch der Fluss.

Deutsche Ortsnamen wie Marienbad oder Karlsbad sind auch weit geläufiger als die tschechische Fassung, die allerdings teilweise eine neuere Übersetzung ist. Scheinbar hat die deutschsprachige Geschichte des Landes, ob in der k-u-k-Ära oder im zweiten Weltkrieg das Tschechische länger unterdrückt als allgemein angenommen.

Am Anfang des zwanzigsten Jahrhunderts war der böhmische bzw. tschechoslowakische Beitrag zur französischen Kultur beträchtlich. Allerdings wurden *la Bohème*[8], *la vie de bohème* oder Alfons Mucha so erfolgreich, dass sie, und das nicht nur bei Franzosen, selbst als typisch französisch empfunden wurden.

Für meine neue, deutsche Familie hatte Prag einen festen Platz in der Wirklichkeit. Eine ähnliche Wahrnehmung galt dem beliebten Urlaubsland Jugoslawien. Über Polen oder die Sowjetunion redete man nur so viel wie nötig. Es war nicht viel.

Meine zukünftige Frau hatte ihre Eltern schon in den 70er Jahren bei einem Besuch der tschechoslowakischen Hauptstadt begleitet. Ihr Vater verbindet eine sehr persönliche Erfahrung mit dieser Stadt, die er in positiver Erinnerung behalten hat und deshalb seiner Familie vorstellen wollte.

---

7 *Von der Modernität des berühmtesten Werkes von Hašek durfte ich mich bei der Vorstellung von „Kauza Schwejk – Der Fall Švejk" im Juni 2016 im Berliner Ballhaus Ost überzeugen lassen.*

8 *„bohémien" wird nach wie vor auch als relativ neutrale Bezeichnung für Sinti und Roma benutzt.*

Über seinen fast zweijährigen Aufenthalt, vom 5. März 1943 - 28. Februar 1945, als Berliner Pimpf bei der Kinderlandverschickung in der Nähe von Prag hat er vierzig Jahre später in einem kurzen Text berichtet.

Wie stark diese teilweise recht harte Zeit ihn fürs Leben geprägt hat, zeigt das nächste Kapitel. Das Benehmen der Lagerführung nimmt er meist hin. Kritisieren war im Erziehungsplan des Lagers nicht vorgesehen.

Entsprechend wird die Besatzung des Landes durch Nazi-Deutschland im Bericht gar nicht erwähnt. Prag ist eine deutsche Stadt. Tschechen scheint es gar nicht zu geben. Unter diesen Umständen ist seine bleibende Liebe für die Stadt und das Land umso bewundernswerter.

Oder trauert Gerhard nur seiner Jugend nach? Damit wäre er nicht der Einzige und ich der letzte, der ihm es übelnehmen würde.

Übersetzung: Hier residierte der Generalstab der tschechisch-slowakischen Legionen, die nach Frankreich kamen, um für die Verteidigung der Freiheit zu kämpfen – 1917-1919"

Entgegen einer verbreiteten Annahme hat die Tschechoslowakei Spuren in Cognac (meiner Heimatstadt) hinterlassen und dass bevor sie überhaupt angefangen hatte zu existieren!

An der Ecke boulevard Denfert-Rochereau und rue Gaudonne, Cognac, August 2017

Gerhard in Prag [9]

Im Jahr 1940 ging ich zu den Pimpfen. Dieses Wort bedeutete eine Jugendorganisation mit politischem Hintergrund, und zwar die Vorstufe der Hitlerjugend. In der Unerfahrenheit und der politischen Unkenntnis freute man sich sogar auf die erste Uniform, mit welcher man genau wie erwachsene Leute stolzieren konnte.

Die Tage und Abende beim Jungvolk waren ja auch so mächtig interessant. Da waren Heimspiele, Vorlesungen, Übungen, Geländespiele, vormilitärische Ausbildung. Das Ganze natürlich mit dem Ziel, die Jugend in den Griff zu bekommen, um sie für die eigene Politik sowie im Krieg zu benutzen.

Diese Sache wurde so interessant gemacht, dass die ganze Jugend sich für die Ziele des dritten Reiches ungeahnt ausnutzen ließ. Da gab es Filme, welche die Jugend mit besonderem Interesse in sich aufnahm. Zum Beispiel ,,Kopf hoch Johannes"[10], oder weitere Filme mit tendenziösem Inhalt.

Das alles machte einen so großen Eindruck auf mich, dass ich mich, zum Leidwesen meiner Mutter, in ein Lager der Kinderlandverschickung meldete.

Vorher jedoch ereignete sich in der Familie noch etwas Unerwartetes, und zwar wurde mein Vater 1942 zum Militär eingezogen, was bedeutete, dass er für lange Zeit von der Familie weg sein würde. Das war für meine Mutter nicht einfach. Dazu kam jetzt noch die freiwillige Meldung in das besagte Lager. Dorthin ging ich am 5. 3. 1943.

---

9 Auszug aus "Aufzeichnungen von Jugendleben und Arbeitsleben" von Gerhard Rummel, 1984, unveröffentlicht und Gespräche mit dem Autor im Jahr 2018
10 Bis heute ist dieser Film ausschließlich in geschlossenen Veranstaltungen zugänglich.

Die Tatsache, dass mein Vater aus dem Haus in den Krieg musste, war, soweit ich mich erinnern kann, eine sehr schmerzliche Angelegenheit. Die Gewissheit es ist Krieg und der Vater oder der Mann könnte nicht wiederkommen, ist ein schmerzliches Gefühl. Die erste Station wo er hinkam war Frankreich.

Mein eigenes Ziel war die Tschechoslowakei. In der Nähe von Prag. Der Ort hieß Klanowitz[11]. Wir waren an die siebzig Jungen, Schüler oder Pimpfe wie man es auch immer nennen mag, alle nannten das Lager Klanowitz bei Prag.

Gerhard Rummel
In der ersten Reihe, zweiter von links,
Klanowitz, 1943 (Autor unbekannt)

---

11 Heute: Klanovice

13

Dort herrschte absolute militärische Ordnung. Wem die Ordnung von zu Hause bekannt war, hatte mit ihr keine Schwierigkeiten, aber es gab auch genug Jungen, die es wirklich schwer hatten. Die Ordnung ging so weit, dass die Sache in eine sadistische militärische Ordnung überging. Es ist kaum zu glauben aber die schikanöse Ausbildung war so gewaltig, dass sie für das ganze Leben eine entscheidende Rolle spielen sollte.

Die Erziehung unter dem Motto „Ordnung, Fleiß, Häuslichkeit, Korrektheit, Charakterstärke sowie eine straffe Haltung für das ganze Leben" waren dagegen eine Bereicherung von bleibender Dauer für einen Menschen. Doch alle diese positiven Seiten sollen nicht über das Maß hinausgehende schlechte Seiten hinwegtäuschen. Da waren Kinder für zwei Jahre auf sich allein angewiesen und konnten sich bei ihren Eltern schutzsuchend nicht anlehnen. Das machte zwar hart aber auch sehr, sehr einsam.

Der Wochenlauf von insgesamt hundertvier Wochen kann folgendermaßen beschrieben werden.

Morgens um 6 Uhr war das Wecken, da ich in einer Stube mit sechs Mann gelegen habe, war das Waschen, Ankleiden, Bettenmachen in einer Dreiviertelstunde und mit einem Waschbecken nicht gerade eine reine Freude.

Um Punkt 7 Uhr ging es dann zum Frühstückessen, und zwar in geschlossener Formation. Das Frühstück bestand meistens aus zwei Stullen und einem Teller Suppe. Dann gab es Schulbrote und wir gingen um 7.30 Uhr zur Schule und das wieder in geschlossener Abteilung. Die Schulstunden waren wie in Berlin außer, dass wir keinen Religionsunterricht hatten. Dafür wurde umso öfter Sport und Marschieren durchgeführt. Um 12 oder 13 Uhr war die Schule aus und wir gingen wieder geschlossen in unser Lager, welches abseits von dem Ort sowie von der Schule lag, zurück.

Dort angekommen wurde sich gründlich gewaschen, und dann wieder geschlossen zum Speisesaal marschiert. Das Mittagessen war auch nicht immer das was sich ein 12.-14.-jähriger

Junge erträumt. Wir bekamen zum Beispiel Kartoffeln mit To-matensoße, ein Gericht, das wir wegen der blauen Flecken der Erdknollen blau-rot nannten. Freitags gab es mit etwas Glück tschechische Süßigkeiten: Buchteln, mit Pflaumenmuss gefüllt, Quarknocken mit Mohn und Butter oder Palatschinken.

Vor dem Essen wurde jeden Tag ein politischer Spruch oder Vers aufgesagt bevor sich siebzig hungrige Mäuler auf das Essen stürzten.

Dieses ganze Gehabe bei Tisch ist sicher auf den so genannten Futterneid zurückzuführen. Aus diesem Grunde wurde im Spei-sesaal eine Art kontrollierte Essensaugabe eingerichtet, die folgenderweise vor sich ging. Überall da wo eine Essennach-gabe aufgehört hatte, wurde ein Grenzschild aufgestellt, diese Kontrolle brachte uns wieder im Zaum.

Nach dem Essen ging es auf die Zimmer wo eine Stunde Mit-tagsruhe sein musste. In dieser Zeit sollte alles schlafen was natürlich in einem Sechsmann-Raum nie eintrat. Um zwei Uhr wurde dann aufgestanden und es ging ans Schularbeitenma-chen, niemand war da, der auch nur ein einziges Mal nach dem Rechten gesehen hätte. Auf der anderen Seite waren eine gute Arbeit sowie ein fehlerfreies Schaffen erwünscht.

Die Ausbildung ging also auf Höchstmaß an Eigenleistung und Eigendenken hinaus. Dieses alles war für junge Leute keine einfache Angelegenheit. Die meisten Jungen haben es aber mit viel Mühe geschafft.

Um das Thema Sadismus anzuschneiden, möchte ich dazu fol-gendes schreiben. Diese Art von Behandlung fing manchmal schon am frühen Morgen an. Es gab Zeiten da war unsere Wasserversorgung ausgefallen, und so mussten wir uns am 18. 3. 43 bei zwei Grad Celsius im leichten Turnzeug zwei Kilome-ter weit zu einem Ort im Dauerlauf bewegen, wo kaltes Wasser aus einer Pumpe über uns und den erhitzen Körper ergossen wurde.

Danach ging es wieder im Dauerlauf zurück zum Lager. Das war natürlich nicht anders möglich, aber man empfand diese erste Tageshandlung schon nicht als angenehm. Anschließend war dann, schon wie beschrieben, der Stubenappell mit dem übertriebenen Stubenzauber.

Andere nicht gerade angenehme Erinnerungen sind zum Beispiel die zur Strafe verhängten Liegestützen sowie die Kniebeugen auf Zehenspitzen mit vorgehaltenen Händen. Diese Strafe wurde z.B. für Sprechen bei Mittagstisch oder bei Sprechen in der Mittagsruhe verhängt. In verschärfter Weise wurde dann die Kniebeuge auf Zehenspitzen mit Nadeln unter den Hacken absolviert.

Der Nachmittag gehörte den Schulaufgaben und ab und zu der Freizeit. Die Freizeit wurde meistens im Wald verbracht und dabei wurde immer sehr viel gelaufen und gerannt, gerannt, gerannt. Durch diese Betätigung bekamen wir natürlich eine sehr gute Kondition. Andere Nachmittage verbrachten wir wiederum nur mit Marschieren, Geländeübungen, Exerzieren, Geländespielen und Aufklärungsstunden.

Einmal im halben Jahr wurde das Großreinemachen geprobt. In diesem Zeitraum wurde ein absolut großer und wahnsinniger Aufwand getrieben. Türen, Fenster, Schränke, Betten, eben alles was nicht niet- und nagelfest war, wurde aus dem Zimmer genommen und auf dem Hof gereinigt und gescheuert. Diese ganze Angelegenheit dauerte mindestens fünf Stunden.

Unser Lagerleiter, ein sechzigjähriger Mann, hatte nach getaner Arbeit seine große Freude, wenn alles fertig war. Der Lagermannschaftsführer, ein neunzehnjähriger Mann, welcher auch bald in den Krieg ziehen musste, hatte über alle Jungen die zweite Kommandogewalt. Er war eigentlich derjenige, welcher die strengen Anordnungen befürwortete und auch vollzog. Es gab aber auch angenehme Seiten, zum Beispiel die schönen Ausflüge nach Melnik, Prag, Brandeis an der Elbe und vieles anderes mehr.

So gab es unter anderem einen Schwimmlehrgang in Prag wozu sich Nichtschwimmer melden konnten. Voraus ging eine kleine Prüfung, und zwar musste jeder, der sich gemeldet hatte, einen kleinen Test machen. Dieser sah folgendermaßen aus. Luftanhalten mit schummeln und dann noch einige kleine Übungen wegen Herz und Lunge.

Wenn alles bestanden war, durfte man für sechs Wochen nach Prag zum Schwimmlehrgang. Und das war natürlich das Ziel eines jeden Jungen, weil in den sechs Wochen so gut wie gar keine Schule durchgeführt wurde. Das eigentliche Ziel war es, aus Nichtschwimmern Schwimmer, und aus Schwimmern gute Schwimmer zu machen.

Wir waren in Prag in einem exklusiven Hotel namens Imka sehr gut untergebracht. Es war ein Hotel mit ca. hundert Betten und siebzig Zimmern.

Die sechs Wochen waren eine reine Freude für immerhin fünfunddreißig Jungen. Geschwommen wurde sechs Tage in der Woche à vier Stunden täglich. Der Sonntag und die Nachmittage waren so schön, dass man diese das ganze Leben nicht vergisst.

Alle anderen Jungen, die zuhause geblieben waren, waren in der Schule zwar etwas besser aber sie beneideten uns um unsere Erlebnisse auch sehr. Aber wie alles im Leben ging auch diese schöne Zeit zu Ende. Der Alltag hatte uns wieder und wir wurden wieder ins Glied eingereiht.

Bald waren sechs Monate vergangen und unsere Ausbildung ein ganz schönes Stück vorangekommen. Im Sport, in der Schule, bei Geländekunde, Exerzieren, Aufklärung, Politik, Allgemeinbildung und nicht zuletzt Manieren am Tisch, Ordnung, Kameradschaft und Sauberkeit. Ordnung insofern, dass jeder seine Sachen selbst flickte und in einen Zustand versetzte, dass man mit Fug und Recht sagen konnte, besser hätte eine vormilitärische Ausbildung nicht stattfinden können.

Nun kam aber mit der Zeit die Empfindung des Heimwehs. Nicht dass man weinerlich wurde, aber das Bedürfnis die Eltern und die Heimat sowie die daheimgebliebenen Schulkameraden wiederzusehen war schon ziemlich groß. Das aber ging nur, wenn einer der Jungen einen Verwandten oder Bekannten *in einem fliegeralarmfreien Gebiet zu wohnen hatte. Da das in meinem Fall nicht zutraf, konnte Berlin nicht so leicht besucht werden.*

Einige Jungen gingen aus diesem Grund für immer vorzeitig aus dem Lager. Entweder auf legalem oder illegalem Wege, legal mit Entlassung in ein freies Gebiet, oder illegal in dem sie einfach getürmt sind. Manche schafften es, andere kamen drei, vier Tage später eingefangen wieder zurück.

In meinem Fall kam der Vater nach neun Monaten in den Urlaub und besuchte mich in Klanowitz mit meiner Mutter. Es geschah gerade zu Weihnachten 1943. Dieses Fest verbrachten wir zusammen mit den Lagerkameraden. Nur der Abschied fiel mir sehr schwer, denn es sollte noch ein sehr langer Aufenthalt in Prag werden. Insgesamt zwei Jahre.

Nach einem Jahr waren von den siebzig Jungen nur noch dreißig anwesend. Diese Zahl reichte nicht aus, um ein Lager mit seinen Unkosten aufrechtzuerhalten. Aus diesem Grund wurden wir am 10. 3. 44 nach einem anderen Ort verlegt. Es war der Ort Wschestud[12] bei Prag. Klanowitz lag zwanzig km östlich, der neue Ort dreißig km nördlich[13] von Prag.

Da unsere Erziehung sehr militärisch und exakt war, marschierten wir mit dem Rest des Haufens in gestriegelter Uniform und geschultertem Tornister in das neue Lager ein.

Dort waren vierzig Jungen übriggeblieben. Diese standen beim Einmarsch an ihren Fenstern und betrachteten uns mit Skepsis. Denn was wir dort vorfanden, war wirklich ein sehr bunt gewürfelter Haufen. Es gab so gut wie keine Ordnung, Sauberkeit und Disziplin. Wir hatten in diesem Augenblick ein ungutes Gefühl.

Da wir nun auch zwei Lagerleiter hatten, ging unser aus Klanowitz und zwar mit Tränen in den Augen. Es kam ebenfalls ein

---

12 Heute: Všestudy
13 im Original ist es umgekehrt

neuer Lagermannschaftsführer. Ich selbst wurde zum Zugführer ernannt und bekam im Monat dreißig Reichsmark. Dann tat man sich zusammen und es wurde eine neue Mannschaft geformt.

Nach vier Wochen war wieder alles wie im alten Lager, Ordnung, Sauberkeit, Disziplin usw. Von der Gegend her war das neue Lager schöner. Denn es lag ungefähr ein, zwei km von der Moldau entfernt in wunderschönen Hopfengärten, welche wiederum von schönen Wäldern umgeben waren.

Das Lager selbst nannte sich Rote Mühle[14] und lag von der Moldau her an einen kleinen Fluss, welcher an der Mühle vorbeifloss. Dieser konnte mit einem Boot bis nach dem kleinen Ort Wschestud befahren werden. Fünfhundert Meter entfernt gab es ein kleines Verlies aus dem sechzehnten Jahrhundert. Wiederum zwei km entfernt lag ein kleines Schloss[15] aus dem achtzehnten Jahrhundert. Das ergab eine wundervolle Gegend für Freizeit und Sport. Jenseits der Moldau, welche sehr schnell floss, war sehr hügeliges Gelände. In diesem hielten wir uns ebenfalls sehr oft auf.

Doch das Schönste war, im Sommer die Moldau mit der Strömung hinunter zu schwimmen. Es war zwar nicht ungefährlich aber wer denkt schon an Gefahr in so einer Situation?

Mein Vater war unterdessen in Russland und hatte eine sehr schwere Zeit mitgemacht. Denn er war zwar LKW-Fahrer aber musste für sechs Wochen an der vordersten Front in den Graben, wie man im Volksmund so schön sagte.

Zu dieser Zeit konnte er nicht in Urlaub kommen. 1944 war meine Mutter auf Urlaub in der Roten Mühle und ich zeigte ihr diese Dinge, die ich vorher beschrieben habe.

Der Winter 44-45 war ziemlich kalt und es gab eine Menge Schnee. In diesem sowie im anderen Lager lernte ich ein biss-

---

14 Heute: Veltrusy-Červený mlýn
15 Schloss Veltrusy

chen Skilauf und Skispringen, sowie Skilanglauf. Alles auf ein und den gleichen Brettern.

Auf dem kleinen Fluss sowie auf dem kleinen Dorfweiher wurde eifrig Schlittschuh gelaufen, Eishockey gespielt sowie geangelt. Denn das Eis war sehr gut zugefroren, was bedeutet, dass es kernig klar und sehr dick war. In dieses klare Eis hackten wir uns Löcher, legten Drahtschlingen rein und fingen so wunderbare Plötzen.

Das hört sich nur nach Spiel an, aber der Alltag war auch manchmal etwas anders. So zum Beispiel mussten wir bei fünfzehn Grad minus Geländeübungen mitmachen, die schon manchmal hundsgemein waren: Marschieren, robben, hinlegen, anschleichen bei hohem Schnee und in unangenehmen Matsch.

Nach ein, zwei Stunden wurde die ganze Sache abgebrochen und wieder nach Hause marschiert. Total erschöpft und durchnässt kam man dann im Lager an. Das alles ging noch, wenn es am Nachmittag stattfand, aber leider wurde diese Übung auch am späten Abend bis in die Nacht hinein durchgeführt.

Bei allen harten Angelegenheiten kam wiederum das Kindliche nicht zu kurz dabei. In den Mittagspausen wo wir eigentlich eine Stunde Ruhe einhalten sollten, bastelten wir uns aus den Brettunterlagen der Strohsäcke, es waren ca. acht, neun Bretter von einem Meter und zehn cm Länge, zwölf cm Breite und eineinhalb cm Dicke, nach vorherigem Aufzeichnen wunderschöne Winchesterbüchsen.

Es gab jemanden unter uns, der im Zeichnen sehr gut war. Dieser Junge war zu dieser Zeit sehr beliebt, denn er zeichnete außerdem für jeden von uns noch Wildwestausweise. Mit diesen Utensilien zogen wir oft in die Wälder und spielten dort nach unserer Fantasie die schönsten Spiele, die man sich nur denken kann.

1944 war für mich etwas ernster, weil wie gesagt die Aufgaben für meine Person ganz anders gelagert waren.

Mit meinem Führungsstil war man zufrieden bis eines Tages, ich weiß heute nicht mehr wie, eine Unzufriedenheit auftrat, ich meine Aufgaben im Zusammenhang mit der Zugführertätigkeit aufgab und in die allgemeine Mannschaft wieder zugeführt wurde. Es war glaube ich Ende 1944.

Dann gab es noch einen sehr strengen Winter und wir freuten uns wieder auf die interessanten Winterbetätigungen. Die Zeit blieb natürlich auch im Kriegsgeschehen nicht stehen.

Mein Vater kam 1944 nach Finnland und zwar nach Nordkarelien. Dort war es für ihn zwar kein Honiglecken, aber es ging ihm etwas besser. Brieflich war ich immer mit meinen Eltern verbunden, aber das konnte natürlich eine Familie nicht voll ersetzen. Es kam in meiner Führungszeit zu fürchterlichen Ängsten meines Vaters, denn politisch gesehen war Deutschland schon damals ein Trümmerhaufen.

Doch gerade in dieser Zeit gab es einen Lagermannschaftsführer, der versuchte mich in eine national-politische Erziehungsanstalt zu bringen. Natürlich hatte er mich vorher davon total überzeugt.

Dies beobachte mein Vater per Brief von Finnland aus mit äußerster Sorge. Durch umschriebene Briefe versuchte er mir klarzumachen, dass es wohl doch nicht die richtige Art wäre, einen zukunftsweisenden Beruf in dieser Richtung zu wählen. Damals war ich auch erst vierzehn Jahre alt und noch voller Begeisterung für meine Idee. Doch konnte man schon etwas ahnen, dass die Zeichen der Zeit sich geändert hatten.

Es kamen Briefe von versetzten Fronten anderer Väter, welche ja ebenfalls im Kriege waren. Trotz großer Propaganda unserer Führungskräfte für den Endsieg machte sich ein Unwille unter uns vierzehnjährigen Jungen breit.

Wir wunderten uns über den unaufhaltsamen Rückzug und die ständige Bombardierung unserer deutschen Städte. Dann kam alles ganz schnell. Es war 1945 im Januar. Es kamen Berufsberater zu uns ins Lager, welche uns auf unsere Fähigkeiten prüften und uns in Berlin vermittelten. Mein Wunsch war es, Feinmechaniker zu werden, welchem auch entsprochen wurde.

Die Lagerauflösung erfolgte am 28. Februar 1945. Die Lagerleitung verschwand sang- und klanglos. Wir wurden in einem Sammellager in Prag unserem Schicksal überlassen. Die Rückkehr nach Hause erfolgte ohne jede Betreuung.

Einen Zug zu bekommen war zu diesem Zeitpunkt nicht einfach, denn die deutsche Wehrmacht brauchte für ihre Zwecke jeden verfügbaren Zug.

Es klappte letztendlich doch und wir waren drei Tage und drei Nächte unterwegs. Auf der Fahrt wurde die Fortsetzung durch Fliegeralarm 10-20-mal unterbrochen. Unterwegs gab es Notverpflegung, welche überwiegend aus Suppen bestand. Für uns Jungen war es trotz aller Entbehrung ein riesiges Erlebnis.

In Berlin angekommen, wusste natürlich niemand von unserer Ankunft. Alles ging so schnell, dass wir unsere Angehörigen nicht mehr informieren konnten. Da das ganze Gepäck einen ziemlichen Umfang hatte, es hatte sich ja immerhin über zwei Jahre angesammelt, musste ich mit Tornister, Koffer, zwei Kartons und ein paar Skiern allein meinen Weg von der Fernbahn bis zu meinem Zuhause schaffen.

Die Freude war groß als meine Mutter die Tür aufmachte und ihr Junge, welcher in zwei Jahren kaum gewachsen war, vor ihr stand. Sie dachte immer es kommt ein junger Mann von 14,5 Jahren und einer Größe von etwa 1.70 nach Hause. Aber in Wirklichkeit war ich 1.52 groß und das sollte sich auch so schnell nicht ändern.

Gerhard Rummel

Gemeinsame Entdeckung Mitteleuropas

Als meine Frau und ich 1990 (am 7. Juni) heirateten stand bald fest: die "Hochzeitsreise" führt uns in den Osten! (der nun mal im Süden lag). Über Sachsen ging es nach Prag bis tief in die Puszta und zurück, mit Wein aus Tokay, Terracotta-Tellern, Weingläsern und tausend anderen Schätzen beladen.

Von dieser Reise gibt es kein einziges Foto, da unsere Kamera gleich in der sächsischen Schweiz von der Schönheit der Landschaft überfordert schlappmachte und wir keine neue kauften. Die Erinnerungen haben kaum darunter gelitten, ganz im Gegenteil.

Bei diesem ersten Besuch in Prag (für mich) erlebten wir die letzte Phase eines historischen Ereignisses, das (für uns) mit dem Mauerfall im November zuvor angefangen hatte. Und gerade (8.-9. Juni) zu den ersten freien Wahlen in der Tschechoslowakei seit Jahrzehnten geführt hatte. In der Luft hing noch so etwas wie unbeschwerte Freude zum Anfassen. Ich glaube nicht alt genug zu werden, um etwas auch nur annähernd Vergleichbares noch mal erleben zu dürfen. Hätte aber nichts dagegen!

Wie jährlich viele Menschen auf diesem Planeten verliebten wir uns auch in die Stadt Prag und, das dürfte vielleicht etwas seltener vorkommen, gleich in ganz Böhmen und Mähren.

Nach einigen Stippvisiten in der Hauptstadt und mitten im Urlaub in Mitteleuropa schlüpfte eine *„Kleine Prager Geschichte"* aus der Spitze meines Kugelschreibers am Strand von Strunjan. Einfach so. Und da ist sie:

Erste Kleine Prager Geschichte: Tagebuch einer Verschollenen [16]

So ähnlich heißt ein Liederzyklus von Leoš Janáček: „Tagebuch eines Verschollenen" (1917– 19)

Zuerst muss ich ausnahmsweise zugeben, dass ich viel Glück habe. Viel Glück, da ich Praha, Prag, die Goldene Stadt sehen durfte und das gleich mehrmals. Das erste Mal bleibt unvergesslich (wie alle Liebesgeschichten?), da irreal, just am Ende des Frühlings der samtenen Revolution, genauer gesagt 1990, diese Information ist für alle bestimmt, die schon alles vergessen haben.

Unbeschreibliche Stimmung, die Straßen voller Musik und Bohemia Sekt - der einheimische Champagner - und Menschen mit einem Optimismus getränkt, der lange gebraucht hatte, um das Rennen zu gewinnen (die, die nicht wissen, worum es hier geht, sollen bitte die Hand heben!). Ich hatte Ihnen doch gesagt: es war *un-be-schreib-lich…*

Meine Frau und ich wohnten irgendwo in einer Vorstadt voller grauer Villen mit abgeblättertem Putz, in einer mit wackeligen Möbeln aus Ost-Resopal (ziemlich das gleiche wie West-Resopal) gefüllten Wohnung. Große Teile der Einrichtung hatten noch die Vibrationen sowjetischer Panzerketten erlebt. Man fuhr mit der Straßenbahn ins völlig verkommene Stadtzentrum, vorbei an dunklen Wänden, die mit Salpeter bedeckt waren und durch provisorische Holzgerüste gestützt waren. Provisorisch?

In den schmalen Gassen (geben Sie es zu, an dieser Stelle haben Sie so etwas erwartet wie: *„In denen die Schritte von Kafka, Rilke, Werfel… widerhallten…"*) bildeten die Balken und Bretter eine Art Galerie über den Köpfen – sie wird noch so-

---

16 *Text aus „20 Jahre in Preußen", Rhombos Verlag, Berlin, 2007, Original in Französisch*

24

lange gehalten haben, wie die sich gegenseitig stützenden zwei Fassaden und das schon morsche Holz mitspielten.

Nach diesem ersten Aufenthalt, der den Hauptsehenswürdigkeiten gewidmet war, die man damals besuchen konnte, immerhin eine ganze Menge, wenn auch oft in der Kategorie *morbide Schönheit*, wie sonst in Italien üblich, hatten wir mehrmals die Gelegenheit, die ungeheure Entwicklung der tschechischen Hauptstadt zu verfolgen.

In Folge der fast vollständigen und beinah übertriebenen Renovierung des historischen Zentrums, einem wahnwitzigen Vorgang an der Grenze zur Disneylandisierung, entstand unter anderem eine Vielzahl hässlicher Wechselstuben, die zum Glück später verschwanden.

Es folgte die auf die Spitze getriebene Internationalisierung und die peinliche Vertreibung der tschechischen Bevölkerung aus der für sie zu teuer gewordenen Innenstadt, zu Gunsten von Horden (uns inklusive), die aus einem betuchteren Anderswo kommen. Entsprechend war es im Zentrum leichter Sushi als Schweinebraten mit Knödel und Kraut zu essen.

Einige Jahre später wirkten wir in den ehemaligen Studentenwohnheimen der Vororte ziemlich deplatziert. Wir waren des doch besonderen Zaubers der blitzschnellen, durch den slawischen Big Brother gebauten U-Bahn langsam überdrüssig geworden. Die U-Bahnschächte sind als einer der weltweit größten Atombunker bekannt. Wie die Berliner Botschaft wurden die meisten Stationen der zwei ersten Linien (A und B) im Stil, mit den Farben, Materialen und Mustern der 70er geschaffen. Mindestens die kurze Fahrt zwischen den Stationen Můstek und Hradčanská sollten deshalb auch die größten U-Bahn-Verweigerer einplanen, sobald sie die Farbe Orange und Aluminium mögen.

Im Laufe der Besuche, die wir Prag zu zweit oder mit Verwandten und Freunden abstatteten, sind wir bei der Auswahl unserer Unterkunft allmählich dem Stadtzentrum nähergekommen. Dabei besuchten wir jedes Mal neue Viertel, die für viele Touristen als abgelegen gelten, wie etwa Vyšehrad mit seinem romantischen Felsen und seinen mit musikalischen Rosen bedeckten, erlauchten Gräbern.

Eines Tages entdeckte ich in einem Wellental im Internet eine *virtuelle Bed & Breakfast Agentur*, und so lernten wir die erstaunliche Frau Šloukova kennen, eine von vielen PragerInnen, die Eindringlingen Unterschlupf anbot und wohl damit rechnete, in einer nahen Zukunft selbst die süßen Seiten der Globalisierung genießen zu können.

Dieses Mal waren wir zu viert mit dem Zug angereist. Mit dabei waren unsere Berliner Freunde Annelie und Peter, die aus beruflichen Gründen nie durch den Eisernen Vorhang getreten waren und nun unseren lobenden Beschreibungen der schönsten aller Hauptstädte erlegen waren.

Und so zogen wir in dieser heißen Sommernacht auf dem Weg zu unserem B&B unsere Koffer über das Kopfsteinpflaster der Altstadt.

Die in Englisch verfasste Wegbeschreibung aus der Bestätigungs-Email war kurz aber ausreichend: Ohne Zweifel, die *Na Paříčí 51* musste dieses Gebäude sein, das gegenüber einem Turm der ehemaligen Festungsmauer der Altstadt stolz eine ganze Seite des Platzes einnahm. In der fast völligen Dunkelheit war dies ziemlich beeindruckend, was das Gebäude nicht daran hinderte, eine starke Nostalgie und ebenso den Geruch einer reicheren, österreichisch-ungarischen oder tschechoslowakischen Vergangenheit der 20er Jahre auszuströmen.

Die Klingel schien zu funktionieren, doch niemand meldete sich. Die hölzerne Toreinfahrt war angelehnt. Wir gingen rein und machten uns daran, zur letzten Etage heraufzusteigen. Die Sportlicheren von uns stiegen die Treppe hoch, die Faulsten, die zufällig auch die Korpulentesten waren, nahmen den winzigen Aufzug.

Oben vor Frau Š.s Wohnung, vor ihrer Kunststofftür, die mit den alten Glastüren der anderen Wohnungen links und rechts kontrastierte, wartete die gleiche Stille auf uns.

Nach zehn Minuten öffnete sich die Tür einen Spalt. Frau Š., weder jung noch alt, blond oder auch nicht, in T-Shirts und Leggings, war so verschlafen, dass es sie sehr überraschte, uns dort zu sehen. Einige Worte reichten jedoch, um die Situation zu klären. Sie zeigte uns unsere Schlafzimmer, den Kühlschrank und lauter Dinge, die in Selbstbedienung für die Gäste zur Verfügung standen. Wir legten die Frühstückszeit fest. Kurz darauf schliefen alle.

Die Zimmer waren im reinsten Stil der 70er Jahre möbliert, alles aus Plaste, in bunten Farben und fein gepolstert.

Am nächsten Morgen brachte uns Frau Š. zur vereinbarten Zeit ein typisches tschechisches Frühstück ins Schlafzimmer: Weiße geschmacklose Brötchen, fader Kaffee, Butter, Leberpastete und Marmelade. Mit anderen Worten: Das Frühstück ist nicht das, was mich als verwöhnter Franzose an Böhmen am meisten reizt.

Endlich wohnten wir wirklich im Stadtzentrum, nur einige Schritte vom wunderschönen Altstädter Ring entfernt, inmitten eines Meeres alter verwinkelter Gässchen und neuerer Straßen mit Gebäuden aus allen Stilrichtungen der letzten Jahrhunderte.

Dies war umso besser, als wir an diesem Tag ein furchterregendes Programm vor uns hatten, speziell für Blutanfänger, mit der Altstadt, natürlich, den Inseln und Halbinseln von *Malá Strana* (die *Kleine Seite*, süß oder?), dem Hradčany mit Schloss, Dom und engen Gassen: Und das alles zu Fuß bei dreißig Grad, mit nur einer Aussicht auf Erfrischung: die *Alte Quelle* - Staropramen.

Wie immer wimmelte es von Menschen und Touristenschnickschnack. Und wie immer in den touristischen Hochburgen reichte es, die ausgetretenen Wege zu verlassen, um ein blütenreiches Gärtlein, eine Bank oder eine mit Einheimischen gefüllte, verräucherte Kneipe zu finden.

Außerdem stieß man schon damals in Prag ständig auf moderne Kunstwerke, wie sie alle Mitteleuropäer von Karlovy Vary bis Szeged, von Kraków bis Ljubljana so sehr lieben. Ein Rudel fröhlicher, fauler, trinkender, weißer Gnomen mit Spitzhüten, die zwischen Rasen und Gebüsch zufällig auftauchte, mochte ich besonders gern...

In einer uralten Schenke taten wir uns an Soßenfleisch und Kartoffeln nach altböhmischer Art gütlich, bevor es mit der Stadterkundung weiterging. Später als wir etwas Müdigkeit spürten, machten wir einige kulturelle Einkäufe.

Wir erwarben einheimische, das heißt tschechische, deutsch-tschechische und jüdische Literatur[17], alles in deutscher Sprache, das meiste vom Literaturverlag Prag VITALIS[18], sowie Kopien von alten böhmischen Gläsern mit extravaganten Formen.

Ich liebe diese Gläser, die, aus dem Mittelalter stammend, für mit den Fingern speisende Fresssäcke gedacht, mit zahlreichen spitzen Brüsten ausgestattet sind, damit die Frankovka, Svatovavřinecké... und sonstigen Köstlichkeiten aus den mährischen Weinkellern nicht nach einer kurzen und doch leidigen Rutschpartie auf dem Boden landen.

Die meisten alten Gläser sind einfach grün. Das in der Hälfte aller Läden in Hülle und Fülle angebotene berühmte Kristall mit seinen bunten Farben gab es erst viele Jahre später. Eines Tages werden ihre sorgfältig geschliffenen Facetten dem Porzellankätzchen auf den Kaminsims im Salon Gesellschaft leisten.

---

17 Im Hinterkopf hatten wir noch die dramatische Stimmung beim Freiluft-Konzert mit Paul Wegeners & Carl Boeses Film „Der Golem, wie er in die Welt kam", von Giora Feidman musikalisch begleitet im August 2011 vor der Museumsinsel. Von Anfang an sammelten sich die schwarzen Wolkenberge am Berliner Himmel, es blitzte und donnerte ununterbrochen bis zum Showdown, der mit einem Platzregen im biblischen Ausmaß gewürdigt wurde (wieder mal Prag in Berlin!).
18 Der Verlag hat jetzt seinen Sitz in Deutschland.

Am Abend aßen wir leckeren Entenbraten mit *„Kraut, rot; Kraut, weiß"*, wie der Kellner mit stark gerolltem „r" und sichtlich vergnügt auf Deutsch ankündigte.

Wir kehrten in unsere Unterkunft bei Frau Š. zurück, um uns unsere wohlverdiente Erholung zu gönnen. Schnell schliefen wir ein, fuhren aber gegen Mitternacht aus dem Schlaf hoch: Zuerst brach in dem Teil der Wohnung, in dem Frau Š. wohnte, und dann direkt vor unserer Tür - einer Glastür wie so oft in diesem Land - ein gewaltiger Zank aus. Auf dem Flur ging das Licht an.

Privatunterkunft, Prag, Mai 1999

Wir erkannten die Stimme von Frau Š. Die andere Stimme gehörte einem Mann. Herrn Š.? Einem anderen Mieter? Der Streit endete, zumindest für uns, wie er angefangen hatte - ganz plötzlich. Es wurde erneut still und dunkel. Wir schliefen sofort wieder in unseren Kunststoffbetten mit Kopfradio ein und wiegten uns in bunten Träumen.

Am nächsten Morgen gab es um acht Uhr kein Frühstück.

Wir besuchten Annelie und Peter in ihrem Zimmer am anderen Ende der Wohnung. Noch müde vom gestrigen Lauf freuten sie sich über diesen unvorhergesehenen Zeitaufschub.

Gegen acht Uhr dreißig kam ein uns unbekannter Mann, Herr Š. und informierte uns in diesem *global pidgin*, dass es eine Freude für British Empire-Nostalgiker ist und die Liebhaber der Sprache Shakespeares verzweifeln lässt, dass das Frühstück in einem Augenblick fertig sein würde. Und tatsächlich, um neun Uhr genossen wir unsere faden Brötchen und den geschmacksneutralen Kaffee.

Ohne ins Detail des zweiten Tages zu gehen, der dem jüdischen Viertel und den nahe gelegenen, durch den Jugendstil und den *Secese* geprägten Prachtstraßen gewidmet war, - ach, das *Paříž* Hotel! - werde ich Ihnen nicht verschweigen, dass das kulturelle und besonders das gastronomische Programm dem Vortagesprogramm in nichts nachstand.

Nachdem wir abends zu Frau Š. zurückgekehrt waren, kauften wir Postkarten, Briefmarken sowie gekühltes Mineralwasser und schrieben unsere Namen und Schulden gewissenhaft in das dafür vorgesehene Heft ein.

Von Frau Š. nicht die geringste Spur. Es war sowieso nie jemand in der Wohnung. Das heutige Frühstück bildete da eine Ausnahme. Übrigens hatte man unser Geschirr in die Küche gebracht und einfach so neben der Spüle übereinandergestapelt. Dort befand es sich immer noch.

Wir diskutierten, lasen ein bisschen, fingen an, uns Fragen über unsere Gastgeber zu stellen und schliefen bald erschöpft ein. Eine Großstadt vier Tage lang zu Fuß zu entdecken ist wunderbar, aber viel schlimmer, als Marathon zu laufen. Sie können mir, ohne zu zögern glauben: Ich habe wirklich eine Menge Städte besucht und kenne einen Haufen Verrückte, die freiwillig Marathon laufen.

Farbträume in unserem großen, durch die Lichter der Stadt hell erleuchteten Schlafzimmer.

Wie üblich hierzulande gab es weder Fensterläden noch Vorhänge, um das Eindringen des Lichtes in die Wohnung zu verhindern. Die Tschechen haben nichts zu verbergen, gehören sie doch zu den Sonnenanbetern, einer Sekte, die in den Gegenden nördlich des Espresso-Äquators sehr verbreitet ist.

Aus Spaß wird hier daran erinnert, dass diese berüchtigtberühmte Linie, die Kaffeetrinker von den Warmwassertrinkern trennt, der nagelneuen tschechoslowakischen Grenze folgt, bevor sie im Osten in die wenig untersuchten Mäander des *Mokka-Äquators* (auch als Äquator des griechischen bzw. des türkischen Kaffees - das ist Jacke wie Kaftan - bekannt), übergeht.

Und man braucht kein großer Kenner der Sache zu sein, um zu wissen, dass Prag und ganz Böhmen ein Land von Warmwassertrinkern ist. Eine erstaunliche Angelegenheit bei solchen Feinschmeckern, die wunderbare Biere, Weine und sonstige Knedlíky im Überfluss produzieren und genießen...

Aber kehren wir zum Kaffee und damit zum Frühstück zurück, zum dritten Frühstück bei Frau Š., um ganz genau zu sein. An diesem Tag war keine Frau Š. zu sehen, aber das hatten wir fast erwartet. Es kam auch kein Herr Š., auch nicht um neun Uhr.

In der Küche kochte uns Annelie einen Kaffee, der nicht besser und auch nicht schlechter als derjenige war, den wir sonst serviert bekamen. Während die von Peter in der Bäckerei im Erdgeschoß des Hauses gekauften Brötchen wirklich jene waren, die seit der Epoche des großen Karls von den Dichtern aus den Vltava-Ufern besungen werden.

Im Grunde waren die Bedingungen für ein sympathisches Frühstück erfüllt - es war gemütlich, wie sich die Nachbarn aus dem Norden ausdrücken, wobei sie schnell stolz verkünden, das Wort sei prinzipiell nicht übersetzbar.

Wären da nicht unsere Zweifel gewesen und ein sehr vages Schuldgefühl, das sich nicht mehr verdrängen ließ. Die Hypothesen nahmen immer wildere Ausmaße an.

Nach einer von uns favorisierten Vermutung, der so genannten *Familien-Spur*, hatte Herr Š. Frau Š. am Vorvorabend ermordet und war gestern entflohen, nachdem er uns das Frühstück serviert hatte, um Zeit zu gewinnen.

Eine andere, originellere These, die *„Rache muss aufgewärmt genossen werden“*-These, führte uns zurück in den so berühmten Kalten Krieg, mitten in eine KGB-Intrige. Unsere Freunde waren und sind immer noch gefährliche West-Spione auf der Flucht, vergessen wir das nicht. Diese zweite Hypothese existierte in zahlreichen Variationen, von denen uns einige, die leider vertraulich sind, unverzüglich den Geschmack des vorzüglichen Kaffees vergessen ließen!

In allen Fällen waren wir uns in einem beunruhigenden Punkt einig: Mit Gewissheit lag Frau Š. seit ca. dreiunddreißig Stunden in ihrem Blut da - es musste geronnen sein - ganz in unserer Nähe hinter der Tür ihrer Privatecke in der Wohnung. Sollte man die Polizei rufen? Einen Arzt? Die Geheimdienste informieren? Und welche der letzteren zuerst?

Der Soßenschaum fiel in sich zusammen und die Weisheit siegte. Wir beschlossen die Leiche in Ruhe zu lassen, wenn es überhaupt eine gab, und uns kopfüber in den dritten und vorletzten Besuchstag der Goldenen Stadt zu stürzen.

An diesem Tag standen zwei weitere Viertel auf dem Programm: Vinohrady *(Weingarten)*, das direkt hinter dem Nationalmuseum auf der Nordseite des Václav-Platzes anfängt, und Žižkov.

Es waren zu dieser Zeit zwei wenig touristische Viertel mit schönen Jugendstilvillen, einem großen Park und dem Fernsehturm, der zwischen den Überbleibseln eines verwahrlosten jüdischen Friedhofs emporragt, und noch vielen anderen Dingen.

Unfreiwillig dachten wir immer wieder an Frau Š. und waren während der Besichtigungen damit beschäftigt, die neuesten Hypothesen gegenüberzustellen, Beweise und Verdachtsmomente abzuwägen und vor allem unsere Rückkehr und das adäquate Verhalten gegenüber der Leiche (den Leichen?) im Detail zu planen.

Wie konnten wir sicher sein, dass Herr Š. nicht zu den Opfern zählte? Und wenn der Mörder uns letzte Nacht verschont hatte, warum sollte er in der nächsten Nacht noch einmal so großzügig, phlegmatisch und inkonsequent sein?

Zuhause war immer noch keiner da. Annelie klopfte an die Tür von Frau Š. Keine Antwort. Aber auch keine Blutspur. Jeder nahm seine Mineralwasserflasche aus dem Eisschrank und schrieb seinen Einkauf in das Heft ein. In letzter Minute entschieden wir uns, eine Flasche *Bohemia Sekt-demi-sec (so stand es in Englisch, Deutsch und Französisch auf dem Etikett, dabei gibt es noch Leute, die am Platz der Tschechischen Republik im Herzen Europas zweifeln...)* gemeinsam zu trinken, um die Dämonen zu vertreiben.

Eine weitere ruhige Nacht in der Wohnung 51 Na Paříčí fing an. Jeder schlief in seinem großen, erhellten Zimmer. Vom Fenster aus konnte man hinten links, wenn man sich etwas reckte, zwar nicht das Meer sehen, aber immerhin einen der Stadttürme.

Manchmal hörte man ein Auto, ein paar recht heitere Touristen, die zu ihren Betten zurückkehrten, und Einwohner auf dem Rückweg. Einwohner? Seit unserer Ankunft waren wir im Haus keiner lebenden Seele begegnet. Trotz fünf Etagen und vielleicht zwanzig Wohnungen. Eines Vormittages standen Bauarbeiter im Eingang, die ein Gerüst errichteten.

Einwohner? Vielleicht waren alle Schauspieler von Pragoland in einen Dauerstreik getreten, nachdem ihr Unternehmen durch einen französischen Medienkonzern aufgekauft worden war?

Waren alle wegen einer unbekannten Krankheit in Quarantäne getreten, die geheim gehalten wurde, um Panik unter den Touristen zu vermeiden? Waren sie Opfer einer kollektiven Entführung durch moderne Kunst liebende Außerirdische? Oder nahmen sie alle seit zwei Tagen an einem gigantischen *Happening* vor dem Vyšehrader Dom Teil?

Das letzte Frühstück unseres Aufenthaltes war völlig identisch mit dem des Vortages: Fade Brötchen, geschmackloser Kaffee (oder war es umgekehrt?).

Wir packten unsere Koffer und genossen die letzten Stunden in Prag. Annelie kaufte sechs wunderschöne Kristallgläser, die sie dann in der Bahn unter dem Sessel vergessen würde, um sie später auf unerwartete Art und Weise wiederzuerhalten...

Peter ging zur Karlsbrücke und knipste seinen Film zu Ende. Wir besuchten das nah gelegene Historische Museum der Stadt Prag, das unter anderem ein fantastisches Holzmodell der Stadt im achtzehnten Jahrhundert sowie eine sehr pädagogische Gastausstellung über die römischen Ausgrabungen von Obuda bei Budapest präsentierte.

Nachdem wir am frühen Nachmittag zu Frau Š. heimgekehrt waren, machte jedes Paar in ihrer Abwesenheit seine Abrechnungen, oder besser gesagt, Annelie und Sabine rechneten ab und legten die entsprechende Summe mit den Wohnungsschlüsseln und ein paar Zeilen auf einen kleinen Tisch im Eingang. Wir liefen zurück zum Bahnhof, mit unseren Koffern und unseren Zweifeln beladen.

Ein Jahr später fuhren meine Frau und ich wieder nach Prag. Optimistisch und etwas neugierig hatten wir per Email ein Zimmer bei Frau Š. reserviert...

Als diese nach einer langen Zeit mit verquollenen Augen und kaum mit einem Morgenrock bekleidet die Tür ihrer Wohnung eröffnete, kam uns der penetrante Geruch eines schlecht gewaschenen, alkoholisierten Menschen entgegen.

Von allen Hypothesen hatten wir die Einfachste ignoriert: Frau Š. war und ist Opfer und Mörderin zugleich.

Smetanas Vaterland[19]

Seit unserer Honigmond-Pusztareise im Jahr der deutschen Wiedervereinigung durchquerten wir immer wieder die Heimat Smetanas ein wenig wie die Zugvögel nur zu anderen Jahreszeiten: im schönen Mai oder September in Nord-Süd-Richtung und irgendwann umgekehrt.

Wie Sie ja schon wissen, haben wir den Vyšehrad und die Vltava, so heißen die zwei ersten sinfonischen vaterländischen Dichtungen Smetanas, in der Frühphase unserer Pragbesuche schon abgeklappert.

Erst als die Welt endlich besser wurde, im Internationalen *UNESCO-Jahr für eine Kultur des Friedens und der Gewaltfreiheit*, ja dem Jahr 2000 als Russland erstmals W. Putin zum Präsident wählte, entdeckten wir durch reinen Zufall die schönste Kurve der Vltava kurz vor der Grenze zu Österreich am Fuß des Böhmischen Waldes (tschechisch: *Šumava*) und sind ihr seitdem treu geblieben.

Von der Kulturstadt Český Krumlov ist hier die Rede. Anfang des dritten Jahrtausends nach der Geburt Christi war die heimliche Hauptstadt Böhmens ganz im Geiste des berühmtesten Stadtmalers Egon Schiele[20] in unzählige braune, graue und schwarze Töne getränkt. Vom Balkon der Teddy (Roosevelt)-Pension aus blickten wir auf die schiefen, dunklen Dächer der Fastinsel nach rechts und auf den Stadtpark gegenüber, jenseits des Flusses mit dem geologisch bedingt ölfarbenen Wasser.

---

19 Mein Vaterland (Má vlast) ist ein Zyklus von sechs sinfonischen Dichtungen von Bedřich Smetana. Weltbekannt ist der 2. Teil "Die Moldau" (Vltava).
20 Seine Mutter Marie, geborene Soukup, stammte aus Böhmisch Krumau.

Von den Besuchen im Schloss, in den Parkanlagen, Kapellen, urigen Gaststätten und den Spaziergängen am von Kruzifixen gesäumten Flussufer, waren wir so angetan, dass wir gleich *(drei Jahre später)* wiederkamen.

Kalvarienberg, Římov, zwischen Český Krumlov und Třeboň,
Juni 2014

Mit der Renovierung hatte man inzwischen behutsam begonnen. Die Stadt war kein Geheimtipp mehr und wenn schon, denn einer von der besonderen Sorte: die hohe Zahl von Touristen hatte dem Charme des Ortes keinen Abbruch getan.

Als wir im September 2014 erneut auf dem Weg nach Kroatien Halt in Český Krumlov machten *(es war schon wieder ein Jahrzehnt vergangen...)*, gab es einen kurzen Moment des Schreckens.

Die Stadt war jetzt vollständig, wenn auch mit viel Liebe und sicherlich etwas Geld aus Brüssel, renoviert worden und glänzte nun wie ein Dorf Oberbayerns vor dem Gaufest21. Durch die Stadt liefen bunt gemischte Massen von Reisenden, stramm geführte asiatische Entdeckerkompanien vorbei an Straßenmusikanten und Individualtouristen aus aller Welt, die ihren Cappuccino im Schatten der Renaissancefassaden schlürften.

Die für Schieles Bilder so typisch schwarzen Dächer, mit Holzschindeln oder alten flachen Dachziegeln, waren nur noch selten, die meisten renovierten Häuser waren zwar mit flachen, jedoch roten Allerwelts-Ziegeln gedeckt worden. Und doch war die krumme Stadt in ihrem Wesen dieselbe geblieben.

Verunsichert durch die riesige Auswahl an Restaurants und Speisen irrten wir durch die Gassen bis wir in eine kleine, dunkle, fast leere Gaststätte namens *Cikánská jizba* (Zigeunerhaus) einkehrten. Wir hatten uns schon an unsere deftigen Gerichte rangemacht, als ein paar junge Männer reinkamen und begannen die restlichen Tische in aller Ruhe zur Wand zu stellen. Kurz darauf fingen sie an Zigeunermusik vom Feinsten zu spielen. Für uns. Musiker und Kunden gab es je nur eine Handvoll.

Der für das kleine Lokal auffällig kräftige, ja recht muskulöse Wirt fragte uns, ob wir etwas dagegen einzuwenden hätten, für die Musik einen kleinen Obolus zu spenden. Hatten wir natürlich nicht. Mit dem Essen waren wir schon fertig.

Draußen vor der Tür hatte sich im Nu eine Traube von Neugierigen zum Mitlauschen und Biertrinken gesammelt. Es ging solange es ging und dann war es Schluss mit der Musik. So plötzlich wie es auch angefangen hatte.

Später entdeckte ich im Netz eine Aufnahme aus der Zigeunerstube, die einige Jahre alt war. Die jungen Musiker waren noch

---

21 *Liebe Berliner Freunde, bleibt bitte ruhig, ein Gaufest ist ja nur das Fest des Trachtenverbandes, bei dem das Dorf besonders herausgeputzt wird.*

jünger, der jüngste hatte damals noch Geige gespielt wogegen er bei uns nur etwas verschämt (oder einfach gelangweilt?) den älteren zugeguckt hatte. Ansonsten war alles beim Alten geblieben. Český Krumlov hat auch die digitale Ära überlebt.

Der rachsüchtigen Amazonenkönigin Šárka, Heldin der dritten sinfonischen Dichtung, sind wir bis heute nicht begegnet. Es sei denn, sie wurde in Aserbaidschan als Dichterin (eine unserer Freundinnen) wiedergeboren, das lassen wir aber fürs Erste lieber, so weit geht nun Mitteleuropa auch nicht!

Bei den drei letzten Stücken aus Smetanas Zyklus *Aus Böhmens Hain und Flur*, *Tábor* und *Blaník* können wir nur bedingt mitreden. Den immerhin sechshundertdreißig Meter hohen Berg Blaník mit seinen zwei Gipfeln haben wir leider gar nicht wahrgenommen und das obwohl wir mehrmals unweit seiner Füße vorbeigefahren sind.

Ob dieser tatsächlich ein vom Heiligen Wenzel geführtes tschechisches Ritterheer im Fall der Fälle insgeheim Unterkunft gewährt, wie die Legende besagt, kann ich also nicht beurteilen. Ein Ziel für eine weitere Reise ist es allemal.

Die niedliche südböhmische Stadt Tábor haben wir dafür besucht und das sogar sehr gerne. Wie auch Třeboň, Telč und weitere größere (České Budějovice, Plzeň…) und kleinere Orte (Nepomuk, Klatovy…) inmitten von Hügeln und Seen, die meisten von ihnen mit großem gepflastertem Marktplatz, etlichen reich geschmückten Renaissance- und Barockhäusern und leckerem, frisch gezapftem Bier, inzwischen auch bez alkoholu und beinah genauso köstlich. In Třeboň dazu mit Karpfengerichten in allen Variationen. Ich empfehle frisches Karpfenfilet auf Holz gegrillt, eine echte Alternative zu Karpfen blau.

Jedes Mal fragen wir uns, warum diese echten Perlen nicht bekannter sind und genießen es zugleich, sie (fast) für uns allein zu haben.

Böhmische Haine und Flure hätten wir mit den vielen Städten und Städtchen im Grünen meiner Meinung nach schon gebührend berücksichtigt, wäre nicht der andere überlieferte deutsche

38

Titel dieses Musikstücks: *Gedanken und Gefühle beim Anblick der böhmischen Heimat.*

So sehr ich Böhmen lieben mag, ist es nicht meine Heimat. Eine ohnehin schwierige Frage im deutsch-böhmischen Verhältnis. In dem Fall bin ich lieber einfach nur Franzose und überlasse die sachliche Beantwortung dieser Frage den Historikern und schon gar nicht den Hysterikern.

Gleichzeitig muss ich feststellen, dass „mein Böhmen" ein ganzes Stück größer geraten ist, als das Smetanas! Smetanas Vaterland ist sehr auf Prag und Südböhmen fokussiert. Dabei wurde er in Litomyšl in Ostböhmen geboren, studierte Musik in Plzeň in Westböhmen und verbrachte die letzten Jahre seines Lebens, so unglücklich taub wie der Kollege Beethoven, unweit des Böhmischen Paradieses im Dorf Jabkenice im Norden des Landes.

Lange wirkte er in Prag (und auch zeitweise in Göteborg) und nun liegt er auf dem Friedhof in Vyšehrad und schaut durch sein Rosenbeet auf die majestätischen Fluten der Moldau herab.

Zu Böhmen gehören natürlich noch das Erzgebirge und die Sudeten samt Riesengebirge dazu. Vom Erzgebirge haben wir mehr die deutsche Seite kennengelernt. Dafür haben wir die weltberühmten Kurorte liebend gern besucht: Karlsbad, Franzensbad, Marienbad. Nach der Wende sind sie alle schnell aus dem Dornröschenschlaf erwacht und spielen wieder in der ersten Liga mit.

Jeder dieser Orte hat seine eigenen Reize. Mich fasziniert am meisten Karlovy Vary / Karlsbad mit seinen exzentrischen Villen, den Gedenkplatten an das Who's who aus mehreren Jahrhunderten und der vermutlich hässlichsten Schwimmhalle der Welt, einer Riesenwarze mitten in der Altstadt. Wie schön ist die Aussicht auf die Stadt und ihre grüne Umgebung vom Schwimmbecken aus!

Im Osten grenzt das Land an Mähren, das heißt für uns die lebhafte Stadt Brno, mit der St.-Peter-und-Paul-Kathedrale in der Mitte wie eine Kerze auf einer Geburtstagstorte, die Punkva-Höhlen für Geologenanfänger und im Norden das idyllische walachische Freilichtmuseum von Rožnov pod Radhoštěm, die Stadt Olomouc.

Dazwischen liegen wieder zahlreiche Altstädte mit Burg, Dom, Rathausplatz... und ganz im Süden, zwischen Brno und Österreich, die berühmten Weinberge und Winzerdörfer, die wir eines Tages besuchen werden, versprochen ist versprochen.

Unser Traubenglück haben wir weiter nördlich in Litoměřice gefunden. Außer der üblichen Denkmäler bietet die Stadt Wein und Bier aus eigener Produktion und im Sommer eine mediterran anmutende Stimmung in den winzigen Lokalen im Freien mit Blick ins Tal.

Der Traminer wird aus der Plastikflasche eingeschenkt und schmeckt wie aus dem Tonkrug. Morgen gibt es die große internationale Parade der Feuerwehren mit Musik, Flaggen, altmodischen, ich meine natürlich historischen Uniformen, oder Leggings und Jeans.

Bis auf die Feuerleute lässt sich kein Tourist weit und breit blicken. Wer, wie wir, auf der anderen Seite der Elbe tagsüber die Gedenkstätte Terezín besucht hat, geht normalerweise seines Weges.

Unweit im Osten in der Nähe von Česká Lípa haben wir vor Jahren auf dem Lande in einer Pension ohne Küche sehr einfach übernachtet. Zum Abendessen gab es Wurst vom Grill an der Hauptstraße im Stehen einige Kilometer weit vom Dorf. Fürs Frühstück an einem Sonntagvormittag vor der Abfahrt nach Berlin ging es zuerst in die nächstgelegene Stadt.

Ein Café fanden wir auch nach langer Suche leider nicht. Irgendwann saßen wir in einer winzigen Weinstube in der höchstens vier Personen um das große Holzfass Platz nehmen konnten.

Seitdem wissen wir es: früh morgens ist guter Wein nicht unbekömmlicher als Croissants oder Mettwurst. Und dass Kaffeetrinken oft überbewertet wird.

Litoměřice, Marktplatz, Juni 2014

Zweite Kleine Prager Geschichte: Noch mehr Verschollene

Nie hätten wir nach Prag zurückkehren sollen. Eine Stadt, die wir offen, lächelnd und von der Sonne verwöhnt erlebt haben. Immerhin ist Prag mehr denn je die goldene Stadt, die Stadt des Goldes, jedenfalls die der Knete. Wenn die Flut von Kurzzeitmigranten, die freiwillig hierherziehen, um ihre Valuten los zu werden anhält, dürfte Zürich im Vergleich bald wie eine subsaharische Unterpräfektur aussehen.

Der Grund weshalb wir trotz der vielen guten Erinnerungen kein gutes Omen für das nächste Mal doch heute wieder in Prag sind, ist ein längst geplantes, mehrtägiges, internationales Treffen von Feinschmeckern und sonstigen Weltenbummlern.

Mit von der Partie ist ein französisches Paar: Ba, Erfinderin des Unterwasser-Haikus und Dou, Spezialist der Strömungsmechanik des Tiramisus, zwei Berliner: Pe, Multifunktionskünstler, Sa, Organisatorin und ich persönlich in Person wie immer im Dienste der objektiven Wahrheit.

Von der friedlichen Osterweiterung Europas noch leicht berauscht befinden wir uns in einer im Internet gebuchten Wohnung ganz in der Nähe der Karlsbrücke. Mit den Fotos von der Webseite hat es nicht viel gemeinsam. Ba und Dou bewohnen ein kleines, sehr spartanisches Dachbodenstudio. Eine Bleibe für Sportler. Die steile Treppe ist von der Zeit übriggeblieben, als sie zum Hühnerstall führte, der damals noch nicht dezent mit Ikea-Möbeln eingerichtet war.

Die Wohnung, die wir uns zu dritt teilen, ist viel geräumiger und mit Möbeln und Krimskrams etlicher Stilrichtungen vollgestopft. Ein großer Teil der Kommoden und Kleiderschränke ist verschlossen. Kein Wunder. Ba+Dou, die zwei Stunden früher als wir angekommen sind, haben zufällig die zügige Transformation einer Wohnung des Stadtzentrums, von Otto Normalpragern wie Sie und ich bewohnt, in ein Touristennest Klasse IIB, mitbekommen.

Dieses Jahr sind die Brücken selten. Damit meine ich nicht die durch verheerende Überschwemmungen verursachten Schäden, sondern die bei allen Touristen so beliebten verlängerten Wochenenden.

Zwangsaufenthalte bei Tante Olga in der nordischen Vorstadt wird es folglich nicht viele geben. Immer schmollt sie, wenn die ganze Familie auf der Flucht aus dem Zentrum angerückt kommt. Drei, vier Tage sind schnell um. Und jedes Mal kriegt sie ein Drittel der Einnahmen. Jedenfalls glaubt sie das. Aber das ist, Ihnen kann man wirklich nichts vormachen, eine ganz andere Geschichte.

Erste kulturelle Aktivität eines wegen schlechter Wetterprognose (endlose Eisheiligen) gekürzten Programms: im Lokal gegenüber futtern gehen.

Dieses nichtssagende Abendessen wird im Nachhinein die einzige Mahlzeit sein, die wir im Freien zu uns genommen haben. Eine globale, neutralisierte Küche nur durch das Bier, immerhin ein tschechisches Produkt, gerettet.

Es war ein dunkles Krušovice, welches ungeachtet vielversprechender Kostproben, den durch unser Expertenkomitee verliehenen Titel *best pivo im Stadtzentrum* behalten würde.

Da Pe es vorgezogen hatte, sein geblümtes Sofa zu bewundern, machten wir beide Paare einen kurzen Rundgang durch die Stadt by night. Trotz des kühlen Windes herrschte auf der Karlsbrücke Hochbetrieb.

Kurz darauf saßen wir um einen Tisch in einer sympathischen kleinen Vinárna. Die junge Frau hinter der Weinbartheke zögerte mit der Bedienung, da es kurz vor dreiundzwanzig Uhr war und sie deshalb gleich zwangsläufig schließen musste. Aber sie brachte es nicht übers Herz eine Handvoll durstiger Menschen wegzujagen. Sie empfahl uns einen exzellenten Weißwein aus Mähren, einen *Rulandské šédé*, sozusagen einen Grauburgunder. Gleich nach unserem Abgang heulten die markanten Sirenen amerikanischer Polizeiwagen um die Ecke.

Am Tag darauf servierte uns niemand das Frühstück. Es war auch nicht vorgesehen.

Pe, seit langem wach, da er trotz Erkältung die Fenster zur stark befahrenen Straße offengelassen hatte, holte die besten je in Böhmen hergestellten Brötchen, eine erstaunliche Rotfrüchtemarmelade (wahrscheinliche Zusammensetzung: 1 Kirsche, 1 kg Zucker, 1 Altreifen) und Margarine mit dem guten Margarinegeschmack. Das heißt gar keinen. Zur Ergänzung dieses idyllischen Frühstücks gab es Nescafé TM für die einen und verstaubten chinesischen Jasmintee für die anderen.

Für den ersten Tag hatten wir nicht wirklich eine Wahl: Altstadt, Karlsbrücke, Hradčany. Der ungewisse Himmel hatte die Besucherhorden nicht entmutigt. Es war gar nicht leicht, sich durch die Kneipenterassen aus Holz voller Teakmöbel und gigantischer Sonnenschirme zu boxen. Die Anbauten hatten das Stadtzentrum erobert und es hervorragend geschafft, die meisten historischen Fassaden des Altstädter Ringes gänzlich zu verbergen.

Ehrgeizige Tourismusförderer haben sich von auswärtigen Erfahrungen reichlich inspirieren lassen. Um die Stadt zu besuchen und den Fußgängermassen zu entfliehen hatte man nun die Qual der Wahl: zehn Generationen von Straßenbahnen, Pferdekutschen aus Sevilla, Oldtimer mit Chauffeur in Originalkleidung, klimatisierte VIP-Minibusse mit verdunkelten Scheiben, lauter Boote darunter ein Drakkar, Reittouren auf Pferden, Straußen oder Staropramenfässern...

Ohne Zweifel waren die Barockgärten der schönste Ort, den wir an diesem Morgen besuchten. Den vom Valdštejn-Palast, dem Verräter im Sold der Habsburger und, die viel bescheideneren vier Palastgärten am Fuß der Prager Burg. Großartig renoviert schmücken sie einen der schönsten Flecken der Stadt. Und wurden bisher noch nicht von den durch bissige Regenschirmträger angeführten Angreiferkommandos entdeckt.

Hauptmangel dieses Rundgangs: wir befinden uns direkt vor den Toren des Hradčany just zur Mittagszeit. Der Französischste unter uns überzeugt die anderen, die Mittagspause in einer der schlechtesten Locations der Hauptstadt zu verbringen.

Es ist hässlich eingerichtet, die Speisekarte extrem kurz, umso besser, da es nicht schmeckt. Wie es sich gehört in einem solchen Pleiteszenario, ist der Empfang unpersönlich bis unfreundlich und der Preis lächerlich hoch. Eins ist sicher: schlechter wird es kaum werden. Nach einer wohl verdienten Kaffee- und Kuchenpause in einem niedlichen Hofgarten am Ende der neuen Welt sind wir wieder unterwegs zur Eroberung der Burg.

In den letzten vier Jahren hat sich der Eintrittspreis mehr als verdoppelt. Die Zahl der Besucher auch. Für alles wird nun Geld verlangt, auch für das Recht das zur Touristenfalle verkommene Goldene Gässchen zu begehen.

Sa wird in Flagranti erwischt, wie sie vom Vorplatz der St-Georgs-Basilika aus im Inneren der Kirche unerlaubt fotografiert und von der für den Ticketverkauf zuständigen Megäre umgehend laut verflucht und drohend verfolgt. Um sich zu beruhigen wird diese später eine Kerze dem Heiligen Stalinchen als Opfergabe schenken.

Auch das gehört zur Erweiterung: es gibt immer noch die Idioten auf die altmodische Art, die nicht nur 68 auf der falschen Seite standen, neue Idioten, insbesondere die Bižnes, Bižnes und noch mal Bižnes Kranken und es gibt sogar bis heute eine ganze Menge nette Menschen!

Auf dem Weg zu unserer Unterkunft werden wir Zeugen eines schrecklichen Alltagsdramas. Eine alte Dame wird vor unseren Augen von einer Tramvaj überfahren. Der Kopf rollt zur linken Seite in die Gosse, Beine und Handtasche zur rechten Seite. Was den Rest angeht...

Dabei haben wir bemerkt, dass die Fußgängerübergänge mit einem akustischen System für Menschen mit Sehbehinderung ausgerüstet sind, welches explizit solche Unfälle verhindern sollte. Solange die Rassel langsam tönt muss artig gewartet werden. Wird das Licht für die Fußgänger grün dreht die Rassel durch wie ein Wetterhahn im Sturm, um die Mutigen und die Schnecken zur zügigen Überquerung aufzufordern. Wie echte blasierte Großstädter laufen wir davon, etwas schockiert aber nicht erschüttert.

Nach einer kleinen Siesta versuchen wir, ein Restaurant fürs Abendessen zu finden. Nirgendwo lässt man uns rein. Alles voll. Die wenigen leeren Tische sind reserviert. Schließlich wird uns in einer der unzähligen Pizzerien in einem Keller Asyl gewährt. Zufällig erfahren wir, dass in der Stadt am Sonntag, also in drei Tagen, der jährliche Marathonlauf stattfindet. Das erklärt einiges. Die Stadt ist zum Bersten voll, wie eine Calzone gefüllt! Oder wie man in der Charente, meiner ersten Heimat, sagt: *„ wie ein Ei mit zwei Gelben"*.

Am nächsten Tag teilt sich die Gruppe auf. Die Neuen da lang, die Alten hier lang. Die Neuen, das sind Ba&Dou, schicken wir ins jüdische Viertel. Sie kommen wütend zurück. Zumindest ist Ba für zwei verärgert. Seitdem ein Verein (ein amerikanischer Verein wie ich später erfuhr) sich in den Kopf gesetzt, das Erbe mehrerer Jahrhunderte jüdischer Kultur gewinnbringend zu verwalten und dabei sehr plump auf den Holocaust verweist, stimmt es allerdings, dass der Besucher gute Gründe hat zu glauben, man würde ihn wie eine dumme Kuh melken.

Das Rezept ist mit dem in den Gaststätten beim Eingang zum Hradčany identisch. Es ist überteuert, schlecht organisiert bzw. so organisiert, dass der Bedarf der Touristenmassen, die sich keine Fragen stellen, gedeckt wird. Haben die Tschechen neben dem Roboter neuerdings auch den Prag-*matismus* erfunden?

Die Gruppe der Alten legt eine Blume auf das Denkmal der nicht gleich erkannten Alkoholikerin. Gierig verbringen sie den Vormittag im Warmen in verschiedenen Hochburgen der einheimischen Volksküche. Dort stimmen Geschmack, Preis und Stimmung. Und das, nur einige hundert Meter vom Touristennepp entfernt.

Als sie sich mittags wie geplant mit den anderen zum Essen treffen, haben sie zwar viele Ideen für Gaststätten, verspüren jedoch kaum Hunger.

Sie entscheiden sich für das Café Imperial mit seinem wunderbaren Keramikmosaikdekor im Jugendstil. Wissbegierig wie wir sind bestellen sie alle unterschiedliche Weißweine. Sie staunen ein wenig, als der Kellner die gebrachten Gläser nach dem Zufallsprinzip verteilt, wobei alle die gleiche Flüssigkeit zu enthalten scheinen.

Auf Bas etwas direkte Frage: *„Wo ist mein Müller(-Thurgau) geblieben?"* reagiert der Ober souverän und bestätigt, dass wir alle selbstverständlich die jeweils gewünschte Rebsorte serviert bekommen hätten. Todernst fragt er jeden einzeln nach der Vorliebe seiner Leber. Unsere darauffolgende Doppelblindkreuzstudie lässt jedoch keinen Zweifel aufkommen. Wir haben alle den gleichen Wein getrunken, einen leichten, trockenen, fruchtigen Weißwein. Aber welchen? Es gibt größere Probleme auf dieser Welt, da haben Sie Recht.

Im gesättigten Zustand durchqueren wir die Altstadt und die Vltava. Wieder laufen wir hoch zum Hradčany, möchten dieses Mal die Massen vermeiden und nehmen dafür einen Umweg im Grünen im Kauf. Das Ziel des Spaziergangs ist ein Geschäft mit einer großen Auswahl an Weinen und Gläsern. Ausnahmsweise sind es hier die leeren Gläser, handgefertigte Repliken alter Modelle, auf die unsere ganze Aufmerksamkeit gelenkt wurde. Als wir in den Laden eintrudeln, platzt eine große Wolke.

Ba ist bis zum Ende der Regenschauer mit dem Einkauf von Trinkgefäßen beschäftigt. Eine Stunde später laufen wir, vor Kälte zitternd und mit Tüten beladen, Richtung Zentrum runter. Die Temperatur ist schlagartig um zehn Grad gefallen. Es regnet wieder und windet ordentlich.

Auf den rustikalen Hockern der Weinbar des ersten Abends sitzend erwärmen wir uns. Der Wein ist der gleiche geblieben. Dieses Mal ist er von einer sehr überzeugenden Auswahl von

Pasteten, Grünzeug und Käse, inklusiv dem leckeren einheimischen geräucherten Käse, begleitet. Die Kellnerin hat gewechselt. Wir trauen uns nicht, sie zu fragen, wer ihre Kollegin mit Apfelsinen versorgen wird. Zumal sie zwar ganz hübsch ausschaut, dafür die Gläser lange nicht so großzügig eingießt wie die verschollene Kollegin. Es ist besser, sie nicht auf uns aufmerksam zu machen.

Praktisch an der gleichen Stelle wie gestern beobachten wir verblüfft ein zum Glück misslungenes Remake des Kommunikationsdramas. Aber dieses Mal bremst die Straßenbahn und verpasst den alten Herrn in letzter Sekunde.

Ba, die bekanntlich nicht unter Fantasiemangel leidet, behauptet, einen Jungen gesehen zu haben, der eine Rassel bei sich hatte. Diese Rassel soll das schnelle Geräusch, das die Fußgänger zur Überquerung auffordert, perfekt nachgeahmt haben.

Im Laufe des Wochenendes werden wir weiteren Stadtvierteln einen Besuch abstatten. Darunter einer anonymen und verregneten Stelle, an der uns die Tramvaj in Gesellschaft eines Haufens verdatterter Touristen ohne Vorwarnung entließ. Die Linie, die normalerweise zum Strahov-Kloster führt, wurde heute wegen des Marathons klammheimlich umgeleitet.

In den nächsten Stunden haben wir mehr als einen cremigen Cappuccino in fotogenen Trendlokalen getrunken. Dous Prager Tiramisu-Reiseführer ist praktisch fertig. Wir wissen, wo wir ohne großen Aufwand ein nettes Restaurant finden können und wie Marathonläufer und sonstige Parasiten *(„Die Hölle, das sind die anderen")* zu vermeiden sind. Kurz gesagt, wir haben uns prima angepasst.

Jedoch gehen wir in einer angespannten Stimmung auseinander. Unser letzter Besuch in der Lieblingsweinbar hat unsere Zweifel nur zu gut bestätigt: die Kellnerin wurde wieder ausgetauscht. Wie eine mitteilungsbedürftige betagte Dame uns im Schutz einer alten Toreinfahrt mitteilt, sind die Gefängnisse mit Kellnerinnen überfüllt, die das Ladenschlussgesetz nicht eingehalten haben.

Schlimmer noch, der Grauburgunder ist alle.

Und, ultimative Horrorvorstellung, Ba hatte Recht. Die gleiche alte Dame erklärt uns, dabei sorgfältig darauf achtend, von niemand anderem gehört zu werden, dass die Gemeinde Prag ein breites *Programm zur Verjüngung der Bevölkerung im Stadtzentrum* kürzlich auf den Weg gebracht hat. Mehrere Pilot-Projekte werden bereits durchgeführt. In aller Heimlichkeit.

Ähnlich wie Ba fangen immer mehr Leute an, sich Gedanken zu machen über eine mögliche Verbindung zwischen Rasseln, einem bei Kindern neuerdings beliebten Spielzeug, das in großen Mengen in den Schulen kostenlos verteilt wurde, und der beispiellosen Vermehrung von Unfällen in den öffentlichen Verkehrsmitteln, dessen Opfer ältere Menschen sind.

Livance mit Erdbeersoße und Smetana, irgendwo in Böhmen an einem schönen Junitag.

Theresienstadt

Bei unserem ersten gemeinsamen Pragbesuch 1990 besichtigten wir in der spanischen Synagoge eine Ausstellung über das Judentum in Böhmen. In einer Vitrine lagen nebeneinander Dokumente, Fotos und Zeichnungen, Portraits von lächelnden Kindern, Kinderzeichnungen. Das war meine erste Begegnung mit der Geschichte von Theresienstadt im dritten Reich. Ich war völlig entsetzt. Müssen Massenmörder auch noch so zynisch sein?

Noch mehr als für Hrabal (gleich am Anfang dieses Büchleins) und Havel (fast am Ende desgleichen...) verdanke ich einer Einladung der Tschechischen Botschaft in Berlin eine längst fällige Reaktivierung meines Gehirns in Sache Erinnerung und Würdigung.

„Fremde Wiegen" lautete die Veranstaltung, die am 24. November 2011, zum Gedenken an die ersten Transporte von jüdischen Gefangenen nach Theresienstadt siebzig Jahre zuvor, in Berlin-Mitte stattfand.

„Fremde Wiegen" ist der Titel eines Gedichtes von der deutschsprachigen Kinderbuchautorin Ilsa Weberova, die vor dem Krieg unter ihrem Mädchennamen Herlinger und nach dem Krieg als Frau Weber bekannt wurde.

Frau Weber war Pflegerin in der Kinderkrankenstube des Konzentrationslagers Theresienstadt. Vor ihrer Verhaftung hatte sie ihren ältesten Sohn Hanuš mit einem der vom Briten Nicholas Winton in Prag organisierten Kindertransporte nach England in Sicherheit gebracht.

Dieses und weitere Gedichte wie *„Ich wandre durch Theresienstadt"* hat sie Hanuš gewidmet. Ilse Weber, ihre Mutter und ihr jüngster Sohn Tomas, *Tommy*, wurden im KZ ermordet.

Im Jahr 2013 überstürzten sich die Ereignisse. Neben Büchern von Havel, Kafka, Smetanová, Hrabal und anderen tschechoslowakischen und tschechischen Autoren las ich auch „*Mandelduft*" von Lenka Reinerová.

Die *letzte* deutschsprachige Autorin Prags, wie sie manchmal genannt wird, erzählt darin wie sie, nachdem sie durch Zufall als Einzige ihrer Familie die Nazi-Zeit überlebt hat, durch ihre Tätigkeit als Dolmetscherin bei einer deutsch-tschechischen Begegnung, viele Jahre später die Gedenkstätte Theresienstadt entdeckt und erkundet.

Im November des gleichen Jahres organisierte die Tschechische Botschaft eine szenische Lesung von Texten der jugendlichen Petr Ginz und Hanuš Hachenburg, Gründer und Betreiber der Zeitschrift VEDEM im KZ Theresienstadt bis zu ihrer Ermordung im Jahr 1944. Beide wurden fünfzehn Jahre alt. Sie waren genauso alt wie Gerhard.

Eine kleine Ausstellung gab noch einen Einblick in die grafischen Werke der internierten Kinder. Die Nazis haben nicht nur Tausende von Kindern ermordet, sie haben auch noch das Leben unglaublich begabter junger Künstler vernichtet. Natürlich ist das keine Wertung.

Kunst war im KZ Theresienstadt überall anzutreffen. Toleriert und sogar gefördert durch die Peiniger für Propagandazwecke und zur gelungenen Täuschung der internationalen Öffentlichkeit trotz oder wegen wiederholter Besuche u. a. vom Roten Kreuz. Für die Häftlinge war es zudem die einzige Möglichkeit, ihre hoffnungslose Situation zu verarbeiten.

Ferner befanden sich viele professionelle, teilweise recht berühmte Künstler unter den Gefangenen. Unter erbärmlichen Bedingungen fanden unzählige Kunstveranstaltungen statt: Kabarett, Oper, klassische und Unterhaltungsmusik.

So inszenierte der Dirigent Raphael Schächter mehrmals Verdis „*Messa da Requiem*" mit der Hoffnung, den wenigen autorisierten Besuchern des Lagers die Augen zu öffnen.

Seit mehreren Jahren erinnert eine internationale Gruppe von Musikern unter der Leitung von Murry Sidlin mit Aufführungen des sogenannten „*Defiant Requiem*". Das Requiem wird teilweise nur von einem Klavier begleitet, Interviews von Überlebenden werden als Video eingeblendet oder von Schauspielern vorgelesen.

Die letzte Note wird von der Sirene des Zuges übertönt, der die baldige Abfahrt in die Vernichtungslager ankündigt. Alle Mitwirkenden verlassen die Bühne und den Saal in bedrückter Stille.

Meine Frau und ich haben die Aufführung im Konzerthaus Berlin im Frühjahr 2014 erlebt und waren zutiefst bewegt. Die Presse war teilweise sehr kritisch und prangerte das übertriebene Pathos an. Ich kann das nicht nachvollziehen. Unser Entschluss stand jedenfalls fest: wir würden bei nächster Gelegenheit diesen Un-Ort mit eigenen Augen sehen.

Drei Monate später war es soweit. Wir haben die ehemalige Garnisonsstadt besucht, die von den Nazis als *Ghetto*, *Durchgangslager* und schließlich KZ missbraucht wurde.

Theresienstadt diente von 1945 bis 1948 zur Internierung der Deutschen, die aus dem Land verwiesen wurden. Schon 1946 kehrten die ersten tschechischen Einwohner zurück in die Stadt, die nun Terezín hieß. Bis 1996 nutze die Armee die alten Kasernen.

Das Wetter war wunderbar, die Stimmung frühlingshaft. Man hätte die Stadt durchqueren und sie für völlig normal halten können. Es gab Einwohner, Geschäfte und Gaststätten, Kirchen, Verwaltung, einen Riesenplatz und Museen.

Wir haben das Ghetto-Museum im ehemaligen Knabenheim besichtigt. Dort wurde die Zeitschrift VEDEM herausgegeben. Von den ca. 15.000 Kindern, die das KZ Theresienstadt durchliefen, überlebten etwa hundert. Fünfzehn von ihnen hatten bei der Zeitschrift mitgewirkt.

Ein einziger, Zdeněk Taussig, blieb bis zur Befreiung des Lagers und konnte achthundert handbemalte und geschriebene Vedem-Seiten für die Nachwelt retten.

Wir haben die unglaublichen Ausstellungen *Musik im Ghetto*, *Bildende Kunst im Ghetto*, *Literatur im Ghetto*, und *Theater im Ghetto* in der ehemaligen Magdeburger Kaserne besucht.

Wir haben die Gedenkstätte, den Friedhof, das Krematorium und noch mehr besucht. Sind über die verlassenen, verrosteten Gleise ins Nirgendwo gestolpert.

Verstanden haben wir, habe ich jedenfalls recht wenig. Kann man den Holocaust verstehen?[22]

Wir haben diese unzähligen zerstörten Leben wahrgenommen und werden sie nicht vergessen.

---

22 Vgl. „No Man's Land", von JP Bouzac, in: „Störung im Betriebsablauf, Geschichten vom Reisen, Unterwegssein und Ankommen", von Henry Spietweh, Lulu, 2012

Was bin ich?

Zu welchem Volk gehöre ich?

Ich - ein umherirrendes Kind?

Ist meine Heimat der Ghettowall

oder das reifende Land?

Vorangehend, klein, voller Anmut,

ist Böhmen meine Heimat meine Welt?

Zu meiner Seele stehend, sage ich:

Ich bin ein Mensch dieser Welt.

Auf nach Vorn!

Hanuš Hachenburg

Aus: „Kultur gegen den Tod, Gedenkstätte Theresienstadt / Památník Terezín", Oswald-Verlag, Prag 2002, mit Unterstützung von Matthias Franz ergänzt.

Mit freundlicher Genehmigung der Gedenkstätte Theresienstadt.

Gedenkstätte Theresienstadt / Památník Terezín, Juni 2014

Dritte Kleine Prager Geschichte...

Im März 2013 durfte ich zum ersten Mal aus beruflichen Gründen nach Prag reisen. Auf Einladung von Brenny Feuer höchstpersönlich. Wir nahmen beide an einer internationalen Konferenz teil, bei der die Welt beinah gerettet geworden wäre.

Entscheidend ist jedoch, dass Brenny und seine neue Flamme, Mka, gebürtige Pragerin und Wahl-Berlinerin sowie ich, immer noch mit Sa, gebürtiger Weddingerin und Wahl-Barnimerin, angereist waren und fürs Wochenende blieben. Wir dachten, die Stadt sei so gut wie leer und das sonnige, kalte Wetter für ausgedehnte Spaziergänge besonders gut geeignet. Dem war aber nicht so.

Es war sibirisch kalt und die einzige positive Folge dieses unerträglichen Zustands war der daraus für uns entstandene Zwang, alle halbe Stunde ein neues Café aufzusuchen. Und was für Cafés es in Prag gibt, darüber gibt es zweifelsohne genug Bücher, um ganze Regale zu füllen und falls nicht, ist das einfach jammerschade!

Vom Café Louvre über die Kavárna Slavia und die halbgefrorene Vltava sind es nur noch einige hundert Meter bis zum Café Savoy und seine fabelhafte Sacher-Torte und die einmalige Sicht auf die Küche von der Treppe zur Unterwelt…

Da Mka aus Prag / Köln / Berlin sich mit einer langjährigen Freundin aus Prag / Köln / Prag verabredet hatte und so nett war uns als Begleitung zu akzeptieren, fuhren wir alle zu Gott (Karel) auf die Berge und aßen köstlich im Restaurant *Le lapin bleu*, darunter besonders leckere Liwanzen.

Es ist richtig, man kann nicht immer von Essen sprechen oder darüberschreiben. Obwohl es mir noch leichter fällt als sonst: Prag hat sich zu so etwas wie einer kulinarischen Weltstadt gemausert. Da werden auch Essmuffel schwach. Und zum Glück hat sich die Lage mit der Zeit etwas normalisiert: tschechische Küche und tschechische Gäste sind selbst in zentraler Lage keine Seltenheit mehr. Wie schön!

Wie gerne hätte ich von unseren Spaziergängen zu Zweit oder Viert erzählt. Von unseren tiefsinnigen Gesprächen mit der Bevölkerung.

So zum Beispiel als wir feststellen mussten, dass wir den Průmyslový palác auf dem Ausstellungsgelände erreicht hatten und nicht wie gedacht den Veletržní palác im ehemaligen Messepalast. Nach einem zwangsläufig wortkargen Austausch mit einer aufmerksamen Kassiererin erbeutete ich zuerst einen mitleidigen Blick, der sich doch plötzlich erhellte.

Die freundliche Dame griff ein Stück Papier und einen Kugelschreiber, malte das moderne Bild unten und zeigte lächelnd in die Richtung, aus der wir gekommen waren. Ich bedankte mich bei unserer Wohltäterin. Kurz darauf schauten Sa und ich perplex auf das Meisterwerk, drehten uns auf der Stelle und liefen einige hundert Meter ins Blaue zurück.

Sa hatte es schon bald aufgegeben und meckerte wie gebürtige, Ex- und sonstige Berlinerinnen es so tun:

„Bei dem Bild werden wir es nie finden! Es könnte doch jedes Haus sein…"

„Und wie wäre es damit?" fragte der Freund und Retter, also ich und meinte das graue Gebäude auf der anderen Straßenseite. Und in der Tat war das Porträt wirklich gut getroffen!

„Děkuji moc a náš věčný obdiv!" dachten wir schwer beeindruckt und voller Dankbarkeit.

Im Inneren des Gebäudes war es für meinen Geschmack noch viel schöner als die Fassade es vermuten lassen konnte.

Leider konnte ich über dieses Erlebnis partout nichts niederschreiben. Dafür war es einfach zu kalt. Zudem ich altmodisch bin und per Hand schreibe.

Nach einem Unfall vor Jahren können nur Experten erraten, ob ich Links- oder Rechtshänder bin, womit ich der Definition meines Vaters verblüffend nahekomme, der als erzwungener Rechtshänder von sich meinte, er wäre ein *beidseitiger Linkshänder*.

Fest steht: erst bei Temperaturen von 20 Grad bin ich dem Schreiben mächtig. Und so wäre dieser lehrreiche Aufenthalt beinah in die Vergessenheit geraten. Aber ich hatte Glück.

Beim Verlassen des Flugzeugs in Schönefeld entdeckte ich einen zerknüllten Zettel auf dem Boden der Maschine. Ich steckte ihn unbemerkt ein.

Im Taxi versuchte ich den Text zu lesen, verstanden habe ich aber bis auf den englischsprachigen Titel kein Wort.

Zuhause angekommen tippte ich wie immer mit dem rechten Zeigefinger jeden Buchstaben einzeln in *noodle translate* und was raus kam steht im Kapitel *„Life is mystery...".*

Ich kam direkt aus Skandinavien angeflogen. *Am Prager Václav-Havel-Flughafen war es genauso tiefwinterlich wie im hohen Norden. Es hatte noch im Laufe des Tages kräftig geschneit. Die Märzsonne bemühte sich, so viel sie konnte ein Frühlingsgefühl entstehen zu lassen. Der meiste Schnee war am Abend auch schon weg. Nur die arktische Kälte war geblieben.*

Es war nicht mein erster Besuch in der goldenen Stadt. Jedoch war ich zu dieser Jahreszeit nie dort gewesen. Das werden alte Prager sicherlich bestätigen.

Ich hatte keinen Plan. Wie jede Großstadt hat Prag viel anzubieten. Ob in der geführten Touristengruppe an den bekanntesten Besuchermagneten oder auf eigene Faust irgendwo in einer auf den ersten Blick gesichtslosen Vorstadt ist immer etwas los. Überall tobt das Leben, oder es hat dort mal getobt. Der größte Trubel geht vorüber. Die ehrlichste Ruhe trügt. Wer soll da etwas verstehen?

Ich fuhr ins Zentrum und hielt vor der Hybernská 12 an. Früher haben dort mehrere Familien gewohnt, noch früher eine einzige reiche Adelsfamilie. In den 60ern Jahren wurden die Bewohner in sozialistische Vorstädte mit leuchtender Zukunft zwangsumgesiedelt.

Von nun an beherbergte der in die Jahre gekommene Palast für viele Jahre ein Ambulatorium, heute ist es ein Luxushotel. Ich stand auf der Straße vor der Glastür. Als ich näherkam, öffnete sich diese automatisch. Eine mit Zigarrenduft geschwängerte, warme Luft strömte mir entgegen.

Durch die helle Lobby erreichte ich mühelos und unbemerkt den Garten im Hof. So ein großer freier Platz mitten in der Stadt, unglaublich. Völlig ungeniert probierte ich einige der dort stehenden aparten Gartenmöbelexponate aus Stahl. Edel, originell und entsprechend teuer waren die Stühle, Spiele und Statuen, wie auf großen Etiketten zu lesen war.

Zwei Besucher kamen in den Garten. Ich nutzte die Gelegen-
heit, um noch einmal flüchtig die schicke Hotellobby zu besich-
tigen. Schöner Schmuck in den Vitrinen, gemütliche, elegante
Sitzecke in dem mit Glas überdachten Innenhof. Früher stan-
den da die Mülltonnen. Dort spielten die Kinder und die Kat-
zen.

Schon war ich draußen. Ježíš Mária war es kalt! Von dort aus
ging die Tour weiter über die Altstadt zur Insel Kampa. Der
Altstädter Ring war komplett zugebaut: große Bühne mit Sän-
gerinnen in Tracht, Ostermarkt mit handgemalten Eiern, gan-
zer Schinken am Spieß, Trdelniki, eine Art Baumkuchen, auf
Stöcken gebacken, Bier und vor allem Glühwein, Tiergehege
mit Esel, Pony, Ziegen und Schafen rund um das Jan-Hus-
Denkmal. Wie zu jeder Jahreszeit waren die Straßen mit, der-
zeit frierenden jedoch wie immer glücklichen, Besuchern aus
aller Welt brechend voll.

Ich setzte meine Runde fort. Am Café Slavia vorbei. Über die
Vltava. Auf der mandelförmigen Insel wurde der Weg im Park
gerade neu angelegt. Vor hundert Jahren ist von hier aus Kaf-
ka oft und gerne gerudert. Am meisten freute es ihn, unbekann-
te Personen von der Insel zum Ufer oder umgekehrt überzuset-
zen. So lange er das noch konnte. Und bevor er sich unglück-
lich in Milena verliebte.

Auf einer weißen Mauer kurz vor U Sovových mlýnů *zog ein*
Graffito mit der Überschrift:

LIFE IS MYSTERY

HIS LIFE IS HISTORY

die Blicke der Flaneure auf sich. Darüber ein freundliches
Porträt von Václav Havel, lächelnd, rauchend, im Anzug und
mit gestreifter Krawatte. Seltene Erinnerung an den besonde-
ren Präsidenten.

Graffito, Mala Strana, Prag, März 2013

Im Kampa Museum schaute ich mir bunte Bilder von František Kupka an, dem wahren Begründer der abstrakten Malerei, der im französischen Exil einsam und verbittert starb. Draußen am Wasser freute sich eine Horde gelber Pinguine über den ungestörten Blick auf die Karlsbrücke und die herrlichen arktischen Temperaturen. Von den laut Frau Smetanová[23] schon zur sozialistischen Zeit verschwundenen Nachtigallen selbstverständlich keine Spur.

Der Himmel war wie auf Postkarten unnatürlich blau. Auf bunten Ansichten versteht sich. In Prag werden viele Fotos in schwarz-weiß, so zu sagen gleich Vintage, geschossen.

---

23 Hinter Prager Fenster, Jindřiška Smetanová, Vitalis, Prag, 1997

Nach einer eiskalten Nacht suchte ich mir eine Sehenswürdigkeit aus, die abseits der Besucherherden liegt. So besuchte ich die Nationale Galerie im Messepalast im Stadtteil Holešovice.

Dort traf ich František Kupka wieder, ferner den Soldat Schwejk, eine ganze Sammlung von Exponaten aus exportorientierten tschechoslowakischen Waffenschmieden, ausgesuchte französische Kunst aus dem zwanzigsten Jahrhundert, spannende zeitgenössische tschechische Kunst und den in Prag allgegenwärtigen Alfons Mucha. Mucha, der, anders als Kupka, in Paris Weltruhm erlangte, ehe er zu Hause als Nationalheld gefeiert wurde.

Im Inneren des Gebäudes aus den Zwanzigern im Stil des Funktionalismus irrten Touristenhäuflein aus Gallien, die sich darüber sehr wunderten, dass wie schon im Mucha-Museum in der Altstadt auch hier alle Erklärungen zu „ihrem“ Monsieur Alphonse Müscha nur in Tschechisch und Englisch standen. Globalisierung verpflichtet. Französische Schriften findet man (nur) noch als Bestandteil vieler Werke des Meisters.

Während der Besatzung nutzten die Deutschen den Palast als eine Sammelstelle für Juden vor den Transporten in die Konzentrationslager. An den dramatischen Aufenthalt von Kafkas Schwestern, von beinah der gesamten Familie der Schriftstellerin und Lebenskünstlerin Lenka Reinerová und von vielen Tausenden bekannten und unbekannten weiteren Juden aus Prag und Böhmen erinnert hier heute nichts.

Kafka (schwarz-weiß wie die Fotos der Karlsbrücke), Mucha (bunt wie der Primator-Salon im Gemeindehaus), Rilke (so eloquent wie Kafka wortkarg war), Hrabal und Kundera (schrill und erfolgreich, ohne Rücksicht auf Verluste?), das ist gut fürs Geschäft.

Aber Krieg und Zerstörung, Kommunismus und Normalisierung? Um Gottes willen. Touristen vertragen keine Langeweile, wollen nicht traurig sein. Wer sich für Erinnerungen interessiert, muss nach Josefov, Vyšehrad, oder noch besser nach Vinohrady. Dort, auf dem ehemaligen Weinberg hinter dem

Wenzelsplatz, gab es auch an diesem sonnigen, eisigen Früh-
lingstag fröhliche Ostermärkte, ja sogar einen Biomarkt mit
lauter Leckerbissen aus eigener Produktion und genauso vielen
Designer-Kinderwagen wie am Prenzlberg.

Und dort verschwinden ganze Teile der Totenstadt unter dem
Efeu. Auf dem Olšanské-Friedhof liegt das Grab von Jan Pa-
lach, der sich 1969 aus Protest gegen die Niederschlagung des
Prager Frühlings selbst verbrannte. Dort liegt der für immer
trübsinnige Franz K. auf dem Neuen Jüdischen Friedhof. Auf
der anderen Seite der Straße grübelt einer seiner größten Ver-
ehrer und Kenner, Václav H., über den Sinn des Lebens, über
die Narr-haltigkeit des Seins.

Ganz in der Nähe des Friedhofs am ehemaligen Königlichen
Weinberg stehen die Leute trotz der klirrenden Kälte in einer
langen Schlange, um einen Platz im frisch eröffneten Václav-
Havel-Informationszentrum[24] zu ergattern.

Nach der Einführung über seine einflussreiche Familie, seine
Jugend als, nach eigenen Worten, „gut ernährtes Ferkelchen"
und seine weitere Biographie füllen interaktive Workshops das
Gebäude mit Stimmengewirr und Musik. In einem kleinen
Raum werden Theaterwerke präsentiert, diskutiert und an-
schließend live aufgeführt. Werke Havels sowie alte und neue
Stücke absurden Theaters. Ein dunkler Saal thematisiert die
Aufenthalte im Gefängnis.

In der Küche wird Gulasch, nach Vašek-Rezept, *es heißt jedes*
Mal anders, zubereitet, im benachbarten, völlig vernebelten
Café U Topia wird die Welt täglich neu erfunden, eine Welt in
der Mensch und Natur im Mittelpunkt stehen, und reichlich
Bier und Schnaps vernichtet werden.

Vor dem Eingang des Informationszentrums treffen sich Inte-
ressenten für die geführten Václav-Havel-Touren zu Fuß und
im Bus durch Prag, als Tagesausflug nach Hrádeček zur Be-
sichtigung seiner Datscha im Riesengebirge.

---

24 JP Bouzac: A. Nordwind hat's gesehen, ich nicht.

Im bescheidenen Haus im Grünen wurden damals Sommerfeste, Konzerte und Lesungen von und mit verbotenen Künstlern organisiert, Briefe und Bücher geschrieben und beschlagnahmt und die Charta 77 ins Leben gerufen. Dort hat er seine Verwandte und Freunde empfangen, so oft die Staatsmacht es zuließ.

Ende 2011 ist er dort gestorben.

Und jetzt „ist sein Leben Geschichte".

Auf einmal kippte die Wetterlage. Wie sonst üblich kam nun mein milder und feuchter Kontrahent vom Atlantik nach Hause. Die Temperaturen stiegen schlagartig. Ich zog mich in den Nordosten in Windeseile, wenn ich so sagen darf, zurück.

Gez. Anonymus Nordwind

Am Kampa-Museum, Prag, März 2013

Prag in Berlin: Havel

Die glühende Hommage von A. Nordwind (garantiert keine heiße Luft!) an Havel rief eigene *Erfahrungen* mit dem Prä(dis)sidenten in Erinnerung.

Den im Glücksfrühling 1990 in Prag erworbenen, leicht kitschigen Button mit Farbportrait und obligatorischem Schnurrbartlächeln haben wir dummerweise längst verbummelt.

Die autorisierte Biografie „*Václav Havel. Dichter und Präsident.*" von seiner ehemaligen Lebens- und Leidensgenossin Eda Kriseová, aus dem Jahr 1991, lag lange in unserem Bücherregal im so genannten Fernseherzimmer und verstaubte zusehends in ausgesuchter Gesellschaft. Bis zum Frühjahr 2013.

Zur Einstimmung auf die bevorstehende Pragreise packte mich der Ehrgeiz am Kragen. Die Biografie ist sehr gut: sie zwingt einen förmlich dazu, sich in die Welt des Dichters und Dramaturgen zu stürzen. Den Politiker, Dissidenten und Präsidenten gibt es als Zugabe. Und sie macht Lust auf mehr.

Zuerst las ich die „*Briefe an Olga*". Zum Glück sind sie nicht so deprimierend wie die „*Briefe an Milena*" seines verehrten Landmanns. Sie sind sogar manchmal recht lustig. Allerdings kommt es selten vor. Viel mehr liefert der politische Gefangene Havel, mit diesem akribisch verfassten Dokument, eine grundlegende Reflexion über den Sinn des Lebens, scheinbar eine urtypische böhmische Angelegenheit.

Sicherlich gibt es grausamere Tagebücher aus der Gefangenschaft, unmenschlich und würdelos war dieses System jedoch ohne jeden Zweifel. Was der Dissident mit seinen bescheidenen Mitteln über Jahre dagegen unternimmt, ist nicht nur rührend, sondern bis heute vorbildlich für gewaltlosen Widerstand.

Havel hatte sehr wenig Zeit und noch weniger Papier zum Schreiben. Das gehörte zu seiner Strafe. Er hat deshalb jedes

Wort hundertmal kritisch unter die virtuelle Lupe genommen bevor er es tatsächlich niederschrieb.

Dass seine philosophischen Höhenflüge durch ganz pragmatische Themen wie Krankheit oder die nackte Angst um Familie und Freunde (selten) unterbrochen werden, zeugt nur davon, dass der renitente Intellektuelle ein Mensch geblieben war.

Ob ungewollt berühmt wie Havel und eine Handvoll weiterer Promidissidenten (die dank aufmerksamer Freunde im Ausland insbesondere in Österreich und Deutschland etwas Unterstützung erhielten) oder völlig anonym und ganz auf sich gestellt, alle haben meine Bewunderung.

Der Schriftsteller Havel hat die billigen und auch die teuren Tricks des Systems in zahlreichen Theaterstücken mit einer Überdosis absurdem Humor klinisch entlarvt. Schon beim Lesen war ich überrascht wie aktuell diese jahrzehntealten Stücke geblieben sind.

Aber es war nur der Anfang. Ich gehöre zu den Glücklichen, die bei den Havel-Lesungen aus der *Vaněk-Trilogie* (Audienz, im Mai 2013 und Protest, im November 2014[25)] das Talent der Schauspieler Manfred Eisner und Romanus Fuhrmann und die zeitlose Kraft der Worte genießen durften.

Dem Regisseur Dušan Robert Pařízek vom anfangs schon erwähnten Festival tschechischer Kunst und Kultur / Prag-Berlin-Festivals sei Dank!

Und übrigens: in der Havel *fließt immer noch die Spree. Und wer flussaufwärts zurück paddelt, schwimmt oder fliegt erreicht eines Tages die Elbe und letztendlich die Vltava...*

---

25 Und „Vernissage" im April 2016 mit den gleichen Schauspielern sowie Ulrike Hübschmann, unter genialer Anwendung von Karel Gotts Hit „Einmal um die ganze Welt" und musikalischem Rausschmiss durch das zeitlose Marek Szmelkin Quintett.

Kleine Prager (Vorstadt-) Geschichte: Schnecken and the City (Zugabe)

Henry, der schon wieder, Brenny, und noch einige Vorkoster dieses Werkes waren sich einig: das Beste an diesem Oeuvre mit gut verstecktem Konzept sind die sogenannten kleinen Prager Geschichten.

Die Herren und die Damen wünschten sich mehr davon, dabei wohl ignorierend, dass die erste dieser Geschichten meinem Kugelschreiber einfach so entschlüpft war, die dritte nur geklaut wurde und die zweite unter höchst verdächtigen Umständen das Licht der Welt erblickte.

Auch mein Hinweis darauf, dass ich mir vorgenommen hatte, die magische Zahl von hundert Seiten bei dieser Gelegenheit nicht zu überschreiten, half nicht.

Da keiner meiner selbstverpflichteten Musen bereit war, sich mit mir spontan auf die Reise nach Prag zu begeben, weder Mozart noch Mörike zur Verfügung standen, wühlte ich in meinem Gedächtnis herum, einer dunklen Kammer, die sehr an einen verlassenen Keller erinnert. Verstaubt und von Spinnenweben eingehüllt liegen darin allerlei Unrat und uralte Speichermedien, für die es längst keine Lesegeräte mehr gibt.

Und so kam die Reise mit meinen Eltern im August 1997 aus der Mottenkiste an die frische Luft der Gegenwart. Als Marcelle und Louis-Clément uns wieder mal in Berlin, genauer im Berliner Speckgürtel, besuchten, schenkten wir den beiden eine gemeinsame Reise nach Prag. Immerhin hatten sie beide, wie so oft, am gleichen Tag und das während ihres Besuchs, Geburtstag. Und Prag hatten sie noch nie gesehen, eine Situation, die wir so nicht länger hinnehmen konnten.

Marcelle, meine liebe Mama, fliegt nicht. Schwimmen oder Radfahren tut sie auch nicht, was in diesem Fall nicht von Belang war, da wir diese beiden Reisearten nicht in Betracht gezogen hatten.

Ccelle und Louis, wir sie auch genannt wurden, waren nicht richtig alt aber schon nicht mehr die Jüngsten und sie waren nicht gut zu Fuß. Letztere Feststellung galt allerdings schon länger, tja eigentlich schon immer, nur das die Sache im Laufe der Zeit nicht besser wurde.

In die Heimat von Zátopek[26] würden wir nicht von Berlin aus laufen, auch das stand fest. Entsprechend suchten wir nach einer Tür-zu-Tür Lösung und wir fanden sie. Wir buchten vier Plätze bei M-m-Busreisen: Hin- und Rückfahrt im Bus und Unterkunft vor Ort. Dass es unschlagbar billig war, 129 DM pro Person, nur in bar bezahlbar, möchten wir an dieser Stelle lieber verschweigen.

Um 6.40 Uhr am Freitag, den 22. August waren wir vor dem Forum Hotel am Alex verabredet und machten uns pünktlich aus dem großstädtischen Feinstaub. Die Hinfahrt in Richtung Süden in einem museumsreifen Minibus, dem mythischen Magic Bus London–Kathmandu aus den 70ern fast würdig, verlief ohne nennenswerte Vorkommnisse. So ausgiebig, wie wir es im Schneckenbus taten, konnten noch nicht einmal Radler die vorbeilaufende Landschaft genießen.

Unsere Fahrerin war sehr, sehr vorsichtig und hatte einige gute Gründe dafür. So war sie, und das hatte sie also mit meinen Eltern gemeinsam, zum ersten Mal nach Prag unterwegs.

Und bis heute ist es (damals ganz ohne Navi) gar nicht so leicht, seinen Weg über Sachsen und Nord-Böhmen bis zur goldenen Diva zu finden.

Wir fuhren schon eine Weile auf dem Prager Ring, immer langsamer, wobei die Fahrerin angestrengt nervös nach links und wieder nach rechts schaute, als ein Fahrgast so nett war, allen Anwesenden spontan mitzuteilen, dass wir gefälligst auf der Stelle rausfahren sollten, wollten wir beim Reiseziel Prag bleiben und nicht stattdessen zur Adriaküste flitzen. Dankbar

---

26 Emil Zátopek (1922-2000), Spitzenläufer und aktiver Teilnehmer am Prager Frühling

für diesen klaren Tipp fuhr die Fahrerin raus und irgendwann standen wir vor unserer Unterkunft.

In ihrem früheren Leben haben meine Eltern vielfältig gehaust. Meine Mutter erzählt noch von ihren Aufenthalten als kleines Mädchen auf dem Bauernhof im Ziegenkernland bei Melle, ja genau dort. Es kann nicht immer Paris sein. Mein Vater dagegen ist in einem unsäglichen Rattenloch am Fuß der mittelalterlichen Altstadt von Poitiers geboren und groß geworden. Und nach vielen kleinen und großen Wohnungen auf dem Lande, am Mittelmeer, ja sogar im verlassenen Schloss unweit des Loire-Tals residierten die Beiden schon lange gemütlich im Weinberg am Rande der Stadt Cognac.

Wo meine Ahnen ersten Ranges noch nie auch nur eine Nacht verbracht haben: in der Platte. Mit dieser Reise würde sich das schlagartig ändern, womit der alte Spruch wieder bestätigt wird, nach dem Reisen bildet. Wir stehen nämlich alle vier mit unserem Gepäck vor einem Riesenwohnblock, der links wie rechts den Horizont ersetzt, verschönt, wegschluckt, das ist ja im echten Sinne des Wortes Ansichtssache.

Der Gesamteindruck dieser Vorstadt, deren Namen ich mir leider nicht gemerkt habe, ist gemischt. Es gibt kaum einen Baum oder Rasen. Alles wurde zugebaut mit der typischen Wut der Stadtplaner von Anno 70 – in Ost und West gleichermaßen wohlgemerkt. Schön ist es nicht, aber praktisch. Die Gegend ist relativ sauber und scheint auf den ersten Blick nicht gerade gefährlich zu sein.

Wir nehmen den Aufzug in die achte Etage und finden gleich den Eingang zu unseren Gemächern.

Hinter der Tür im Flur sind zwei dunkle Holztüren verborgen. Jedes Paar verfügt über ein schmales, längliches Zimmer mit an den Seitenwänden fest eingebauten Einzelbetten. Dazwischen liegt das gemeinsame Bad, von beiden Seiten erreichbar. Vom Fenster aus gibt es einen unverbaubaren Blick auf den nächsten Betonblock, wie könnte es anders sein? Das ist auch nicht so wichtig. Wir werden hier nur nächtigen, wie es in einer

Schlafstadt so üblich ist. Und schlafen spielt im Alltag meiner Eltern eine wichtige Rolle.

Wir verlassen bald die Wohnung, laufen zur nächsten U-Bahn-Station und wie Orpheus höchstpersönlich verschwinden wir freiwillig in die Tiefe, in Richtung Hölle. Nach einer halben Stunde Fahrt, beinah hätte ich Flug geschrieben, werden wir im Stadtzentrum an die Oberfläche entlassen. Und schon sitzen wir auf einer Caféterrasse im Halbschatten und schlürfen genüsslich aus Tassen und Gläsern.

In welcher Reihenfolge wir dann was gesehen haben, weiß ich zum Glück nicht mehr. In meinen Erinnerungen bleibt dieser Aufenthalt die *Slow Tour de Prague*.

Langsamer durfte eine Vierergruppe von Besuchern diese Stadt nur selten erkundet haben. Es war sehr heiß, mit einer Sonne, wie Franzosen sie nur ganz weit weg im Süden für möglich halten. (Die vielen jungen Besucher aus Italien und der iberischen Halbinsel schienen nach ihrer Kleidung zu urteilen besser informiert zu sein).

Dazu kommt, dass Prag, wie alle meine Lieblingsstädte, alles andere als flach ist. Zu guter Letzt ist die Heimatregion meiner Eltern neben Ziegenkäse und Cognac vor allem für ihre Schnecken (*Cagouilles* im südlichen Teil, *Lumas* im nördlichen Teil genannt) bekannt. So gesehen hatten wir schon den richtigen Bus erwischt.

Um bei den Cagouilles zu bleiben: dieses etwas zappelige Tierchen pflegt sich in der Sommerhitze beim Erklimmen von Hügeln viel Zeit zu lassen, bevorzugt dabei schattige Plätze und ausreichend Meditations- und Erfrischungspausen.

Aus diesem Grund haben wir neben den schon erwähnten Hauptsehenswürdigkeiten immer wieder gerne viele nette Ruheplätze, etwa Bänke in Parks, besucht. Mittagsschlaf muss sein.

In einem Park in der Nähe des Präsidentenpalastes (damals ein gewisser Václav H.) sind wir auf weiße Wesen gestoßen, die mich lange beschäftigen sollten. Die eigenen Fotos dieser Fabelwesen sind bis heute unauffindbar. Die Statuen selbst waren beim nächsten Besuch spurlos verschwunden. Oder sie waren nachts erwacht und hatten sich sockenlos davongemacht?

Schließlich gab mir A. Nordwind einen guten Tipp: eine solche Plastik würde die Nationale Galerie beherbergen. Nach kurzer Recherche stand fest, dass der Künstler Kurt Gebauer heißt und nach seiner Auffassung, er wird es wohl wissen, sind die gemeinten Wesen keine Gnome, wie oben[27] eilfertig behauptet, sondern fantasievolle Zwerge.

Der aus dem Museum ist ein Hundezwerg. Oder ein Zwerghund? Damals im Park gesellten sich zu ihm ein Baum-, ein Bier-, ein Wärter-, ein Hütten- und ein Monumentalzwerg. Fast alle waren schneeweiß, alle trugen eine lange bis ewig lange Zipfelmütze und bestanden aus hochwertigem *polyesterový laminát*.

Zur Zeit dieses Besuchs war David Černý, das Enfant Terrible der Prager Bildhauerszene, noch nicht mal dreißig geworden. Bei jeder Reise haben wir einige seiner frechen Werke entdeckt, meist durch Zufall. 1997 können wir nicht so viel davon gesehen haben.

Der erste „IS2" Sowjetpanzer, der Prag 1968 *befreit* haben soll, und seitdem stolz auf einem Steinpodest im Stadtteil Smíchov am Fuß der Kinsky-Gärten posierte, lieferte ihm seine erste gelungene Kunstinszenierung (Tank 91). In einer schönen Aprilnacht des besagten Jahres strich er das Ungeheuer in hellem babyrosa und brachte die Kanone in die Form eines Stinkefingers.

Nach offiziellem Protest aus Russland wurde der Panzer Anfang Mai wieder in original armeegrün gestrichen und die Kanone anständig bedrohlich auf die Altstadt gerichtet. Eine Woche später strahlte die metallene Babyhaut wieder in vollem Glanz. Die umstrittene Aktion führte Černý für kurze Zeit ins Gefängnis. Diesmal aber protestieren die Abgeordneten.

---

27 In der ersten „Prager Geschichte"

Bierzwerg, Kurt Gebauer, im Park, Prag, Juni 2000

Der Künstler wurde befreit, der Panzer 1994 zum eigenen Schutz unter dem Namen Pink Tank ins Armeetechnikmuseum verbannt. Ganz in der Nähe wurde 2002 das ebenfalls umstrittene Denkmal für die Opfer des Kommunismus, ein Werk von Olbram Zoubek, eingeweiht.

Hartnäckig verfolgte Černý sein Ziel. Inzwischen ist er weltberühmt. Seit 2000 klettern lauter *„Miminka"* (Babys) den Prager Fernsehturm in Žižkov hoch, seit 2001 ziert die ebenfalls rosa Statue *„10 Dkg Tanku"* (Einige Hundertgramm Panzer) die Kurstadt Lázně Bohdaneč, hundert Kilometer östlich der Hauptstadt und 2013 mischte er sich in den Wahlkampf ein indem er *„der beschissenen kommunistischen Bande auf der Prager Burg"* eine auf der Vltava treibende riesige, violette Mittelfinger-Skulptur widmete.

Dass die Ikone der Prager Polit- und Protestkunst, auch anders kann, zeigen folgende Beispiele. Der Brunnen mit zwei urinierenden Männern mit dem passenden Namen *„Pissen"* im Innenhof des Edelrestaurants Hergetova cihelna mit einmaligem, ungestörtem Blick auf Karlsbrücke und Altstadt gehört zu den HighTech-Werken des Künstlers.

An den Brunnen per SMS gesendete Botschaften werden mit viel Engagement (ist es das was man Körpereinsatz nennt?) und etwas Wasser auf der Beckenoberfläche kunstvoll und zielgenau niedergeschrieben. Es muss nicht immer der Mittelfinger sein. *„K. "*, Riesenkopf aus mobilen Edelstahlplatten, der Ende 2014 im neueröffneten Einkaufszentrum Quadrio eingeweiht wurde, dürfte noch mehr Prag-Kafka-Černý-Touristen herbeilocken.

Sie werden es nicht glauben: meine Eltern sitzen immer noch da. Immerhin haben sie eine weitere Kneipe ausfindig gemacht. Echte urtschechische Bierzelttische aus Holz und Bistro-Stahlstühle und, oh Wunder, meine Mama trinkt Bier! Und es schmeckt ihr sogar. Das hätte ich nie erleben zu dürfen geglaubt.

Bier sei „furchtbar bitter und sonst geschmacklos" höre ich seit meiner Kindheit. Entsprechend wird Bier in meiner Familie nur in zwei Ausnahmefällen eingesetzt: zum Putzen der Blätter des riesigen Gummibaums (wegen der Vitamine) im Hauseingang, ein bis zweimal jährlich sowie um den Crêpes-Teig am Dreikönigstag zu lockern (Milch klebt, Wasser ist für die Fische). Und Ccelle trinkt ihren halben Liter böhmisches Pilsner mit Vergnügen. Sollte sie plötzlich in die Vltava springen und hinüber delphinschwimmen, würde es mich jetzt nur noch mäßig überraschen.

Die Bertramka, das Haus in dem Mozart bei Freunden seinen Don Giovanni komponierte, haben wir ein anderes Mal besucht. So wie auch die Oper, das Dvořák-Museum und klassische Konzerte in verschiedenen Kirchen.

Was haben wir in den paar Tagen, außer Bier trinken und faulenzen, bloß gemacht? Ich kann es nicht schwören (das sollte man sowieso nicht, sagt meine Mama) aber mir ist so, als ob wir bei der Schnecken-Tour auch einmal einer Dixieland-Band auf der Straße gelauscht hätten. Oder einem Jazz-Trio abends im Café? Das ist eher unwahrscheinlich, da wir meist vor Sonnenuntergang unsere Trabantenstadt erledigt aber glücklich wiedersahen.

Von außen haben wir einige der schönsten Jugendstil-Hotels der Stadt angeschaut und uns überlegt, das nächste Mal dort zu wohnen. Im Paříž Hotel tranken wir keinen Sekt, das machten wir mit Annelie und Peter einige Jahre später.

Auf dem Václav-Platz brummte noch das Grand Hotel Evropa. Sabine zeigte meinen Eltern mit Ergriffenheit in der Stimme die Stelle, an der sie 1990 gleich mehrere WM-Spiele in lauter Umgebung verfolgt hatte.

Nach vier Tagen Besichtigungen in diesem ungewöhnlichen Tempo, einer Bootstour auf der Vltava, einem dem Wetter angepassten Abendessen beim Libanesen, dem Kauf einer Weste für meinen Papa und einer Granat-Silberkette für meine Mama, ist es an der Zeit nach Hause, also erst nach Berlin, zurückzufahren.

Wir sitzen schon im Bus. Haben die Stadt gegen 14.00 Uhr, vor etwa dreißig Minuten verlassen. Mein Papa macht Siesta. Er hat in der letzten Sitzreihe am linken Fenster Platz genommen und damit gerechnet, nach der anstrengenden Stadtbesichtigung in aller Ruhe die Rückfahrt zu genießen.

Urplötzlich schreckt mein Vater aus dem verdienten Schlaf hoch und teilt uns mit:

„Die Sonne wärmt meine Wange. Das heißt, dass wir in den Osten fahren und das ist falsch!"

„In der Tat!" findet auch unser gutmütiger Busfahrer, der (wie seine Kollegin auf der Hinfahrt auch) diese Strecke zum ersten Mal fährt, wie wir bei dieser Gelegenheit erfahren.

Der Fahrer dreht bald um, fährt zurück bis Prag, dann Richtung Norden nach Berlin, ehemalige Hauptstadt der DDR, die wir gegen Abend mit etlicher Verspätung und etwas müde erreichen.

Der Reiseveranstalter hieß schlicht und ergreifend *Machmit-Reisen*. Mit dem gut informierten Fahrgast der Hinfahrt als Vorbild vor Augen hatte nun mein Vater seinen von den Organisatoren unverhüllt verlangten Beitrag geleistet.

Miminka, David Černý, Žižkov, Prag, Juni 2000

Im Juni 2014 fuhren wir mal wieder nach Ex-Jugoslawien. Wir wollten Südkroatien und weitere ehemalige Republiken wie Montenegro entdecken. Für mich war es ferner wichtig, hundert Jahre nach den tödlichen Schüssen auf Österreichs Thronfolger Franz Ferdinand und fast zwanzig Jahre nach Beendigung des Bosnienkrieges die Stadt Sarajevo kennen zu lernen.

Auf dem Hinweg besuchten wir wie schon erwähnt Theresienstadt, fuhren um Prag herum, auf dem wilden Autobahnring mit dem wahrscheinlich einzigen zweispurigen Skywalk der Welt, und weilten zum wiederholten Mal im märchenhaften Český Krumlov.

Wie der Zufall so will, machten wir Halt in Graz und besuchten dort am Flussufer ganz spontan eine beeindruckende Freiluftausstellung zum Thema *„Die Welt um 1914 – Der große Tanz"* mit viel Bildmaterial zur Kultur, Wirtschaft, Politik und Alltag kurz vor dem Absturz.

Kroatien, Montenegro und Bosnien-Herzegowina, ob Sarajevo, Mostar oder weniger bekannte Orte, enttäuschten uns nicht im Geringsten. Trotz aller Katastrophen ist die Vielfalt der Landschaften und Kulturen, der Religionen, Sprachen und Essgewohnheiten allgegenwärtig und erfreulich bereichernd.

Auf dem Rückweg Richtung Berlin ging es von Zadar nach Maribor und von Slowenien nach... gar nichts. Wir hatten nichts reserviert und mussten feststellen, dass an diesem Tag ganz Böhmen unterwegs war.

Nach mehreren erfolglosen Versuchen Kost und Logis zu finden, hielten wir kurz vor Prag in einer Kleinstadt an der Hauptstraße. Die zuvor am Straßenrand angekündigte Pension hatte noch ein freies Zimmer, das wir sofort nahmen. Die Angestellte sagte uns:

„Wenn Sie Lust haben können Sie den Park besuchen. Das Schloss ist schon geschlossen, aber es ist ein schöner Spaziergang."

Ein paar Tipps fürs Abendessen gab sie uns noch. Und sie empfahl die Besichtigung des im Erdgeschoss der Pension untergebrachten Motorradmuseums.

Nach der langen Autofahrt hatten wir gegen ein wenig Bewegung im Grünen wirklich nichts einzuwenden und liefen gleich in Richtung Schlosspark. Dem Weg folgten wir am Wildgehege und, wie passend! am Wildrestaurant vorbei bis zum leerstehenden Fischteich.

Plötzlich stand das Schloss vor uns auf der Hügelspitze. Wir hörten Stimmen und traten in den Hof ein. Ein Bischof sprach im Freien vor einem Altar zu einem feierlich gekleideten Publikum. In Tschechisch.

Ich konzentrierte mich so gut es ging und verstand allmählich, dass wir uns im Schloss Konopiště befanden, im Besitz von... Franz Ferdinand Carl Ludwig Joseph Maria von Österreich-Este.

Der Schlossherr hat am ersten Juli 1900 die tschechische Gräfin Sophie Chotek von Chotkowa und Wognin geheiratet. Jetzt erinnerte ich mich. Irgendwo hatte ich es auf der Reise gelesen. Für den nicht gewollten Tod der slawischen Ehefrau hatte sich der junge Mörder ausdrücklich entschuldigt. Es waren auch die einzigen Worte, die ihm entlockt werden konnten.

Nach dem Attentat in Sarajevo vor genau hundert Jahren, auf den Tag!

Wir waren in die Gedenkmesse geplatzt und hatten damit völlig ahnungslos einen Kreis geschlossen, der in Graz begonnen hatte, über die bosnische Hauptstadt führte und nun im Herzen Böhmens unerwartet endete.

Zurück in der Pension besuchten wir das vollgestopfte Motorradmuseum der Marke JAWA und ich kaufte anschließend einen großen illustrierten Kalender mit dem emblematischen Titel *„O život, o lásku, o trůn – Arcivévoda František Ferdinand D'Este"*, eine Sammlung kommentierter schwarz-weiß Originalaufnahmen *„Über das Leben, die Liebe und den Thron"* des ermordeten Kronprinzen von Österreich-Ungarn.

Zuhause entzifferte ich mehr als ich ihn las den Kalender und erfuhr, dass der zukünftige österreichische Erzherzog in… Graz geboren wurde. Und später noch, dass Gavrilo Princip, der Attentäter von Sarajevo, in Gefangenschaft in… Theresienstadt verstarb.

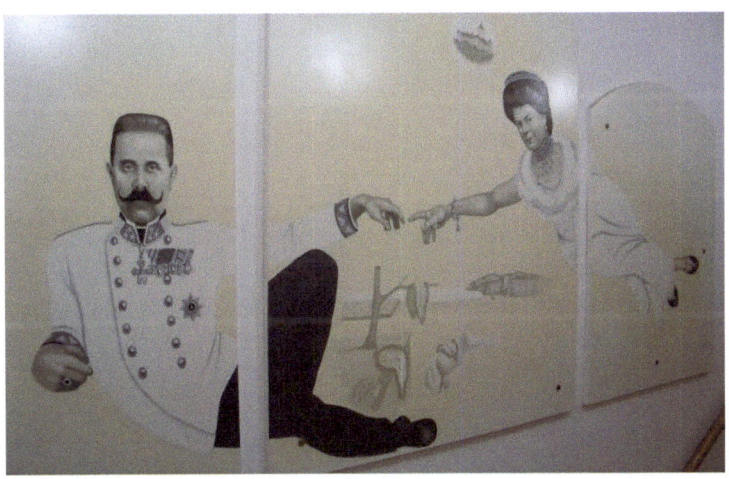

Wandmalerei, unbekannter Künstler, Pension Konopiště, Benešov, 28 Juni 2014

Das Leben geht weiter

Mein Interesse für die Welt um Prag herum ist nun nachhaltig gewachsen und so entdeckte ich seit dem Frühling 2015 recht gute Unterhaltung wie das *Panoptikum der Altstadt Prag* von Jiří Marek, inspirierte Werke wie *Marktplatz der Sensationen* von Egon Erwin Kisch, *chronos krumlov* von Harry Oberländer, inspirierende Texte wie das *Prager Tagebuch: 1941-1942* von Petr Ginz.

Einige vor langer Zeit gelesene Bücher, etwa Die unerträgliche Leichtigkeit des Seins von Sie-wissen-schon-wem, las ich wieder, diesmal mit den Worten von Vaclav Havel im Hinterkopf, was mir großen Genuss bereitete.

Weniger überzeugt haben mich Jaroslav Rudiš in *Die Stille in Prag* oder Jáchym Topol mit *ENGEL Exit*. Habe ich ein Problem mit den neueren Generationen? Wahrscheinlich bin ich ein unverbesserlicher sentimentaler Nostalgiker aus der alten Schule, einer von der Sorte, die laut Rudiš die stinkenden, lärmenden Gassen der Prager Altstadt alltäglich sinnlos verstopfen. Pfui Deibel!

Aber damit nicht genug: kaum war die erste Fassung dieses Büchleins fertig, erhielt ich die Nachricht, dass die Berliner Institution „*Polnische KulturSaison*" (kurz PoKuSa genannt[28]) 2015 Tschechien als Gastland erkoren hatte.

Daraufhin meldete ich mich als Betreuer auf dem Stand vom *SprachCafé Polnisch* und traf am ersten Tag von PoKuSa ein. Die Veranstaltung fand auf einem etwas verwahrlosten Grundstück am Fuss des S- und U-Bahnhofs Pankow direkt unter der Flugschneise nach Berlin-Tegel, sozusagen verkehrsgünstig gelegen und ohrenbetäubend, statt.

---

28 *Ich liebe diese Namen, die meist nach der Wende entstanden sind und so viel Platz für Fantasie und Interpretation lassen. PoKuSa: Polypen und Kugelfische Sambagruppe?*

Wie so oft Ende Juni spielte das Berliner Wetter Kapriolen und war einem April, wenn nicht einem milden November würdig.

Nachdem ich einige Zeit pflichtbewusst den Stand betreut hatte und mich mit den Pirogen aus dem guten Stand (die Damen vom SprachCafé waren sich einig: die vom anderen Stand taugten rein gar nichts) gestärkt hatte, erkundete ich das gesamte Gelände. Es ging relativ schnell. Deutsch-polnische Einrichtungen waren erwartungsgemäß gut vertreten, was uns aber jetzt nicht wirklich weiterbringt.

Wie war es mit Tschechien? Da gab es zu meiner Überraschung einen einzigen Stand. Dort vertrat ein Berliner in den besten Jahren das Gastland janz allein. Oder auch nicht: er stand inmitten einer großen Auswahl von Büchern und DVD, in Deutsch, Tschechisch und Polnisch, die er mittels Rollkoffern durch die Stadt geschleppt hatte und informierte Interessenten wie mich mit unerschütterlichem Engagement. So lernte ich Matthias Franz kennen. Und damit hatte sich das Schreiben schon recht gelohnt!

Wir tauschten seine „*Reise nach Prag*" gegen meine „*Böhmische Silberhochzeit*". Und es war erst der Anfang eines fruchtbaren Austausches. In der DDR geboren und aufgewachsen ist Matthias Franz, Berliner Buchhändler und Autor von Artikeln, Rezensionen und Erzählungen, von den Wechselwirkungen zwischen der DDR, Polen und vor allem der Tschechoslowakei fasziniert. Durch zahlreiche Begegnungen mit Tschechen, Polen und Slowaken (und deren Literaturen, die er liebt) ist dieses komplexe Thema ein wesentlicher Teil seines Lebens geworden.[29]

Seit unserer Begegnung habe ich mehr aus und über Böhmen im weitesten Sinne gelernt, als in den hundert Jahren zuvor:

---

29 *Und so kam es zum gemeinsamen legendär gewordenen Literaturabend in Pankow am 7.4.2016 (http://sprachcafe-polnisch.jimdo.com/archiv/bzw.*
https://www.facebook.com/events/180436589001620/)

von Ludvík Vaculík über Josef Škvorecký, die Familie Procházka, Reiner Kunze (die Prosa-Texte *Die wunderbaren Jahre*), Mariusz Szczygieł *(Gottland*, Reportagen), Hrabal-Verfilmungen, die Serie *Die Helden von Prag* von Agnieszka Holland, Protest-Songs von Karel Kryl bis hin zum Wunderladen TUZEX am Prenzlberg und nicht zuletzt wie schmackhaft *utopenec* ist! Das ist das Schöne bei Anfängern, dass sie leicht viel dazulernen können[30].

Beim Spätsommerurlaub in Frankreich im gleichen Jahr besuchte ich Antiquariate auf der Suche nach empfohlenen Büchern, die im übrigen Handel lange nicht mehr erhältlich sind.

In der wunderschönen Altstadt von Uzés, einige Schritte vom Herzogspalast entfernt, entdeckte ich einen kleinen Laden wie ich sie liebe. Bis zur, aus dem gleichen Kalkstein wie die nahe Pont du Gard gebauten, Gewölbedecke stapelten sich ausgesuchte Ausgaben von Meisterwerken der Weltliteratur, im guten Zustand, und klar klassifiziert. Im Eingang saß ein zeitlos-elegant gekleideter Mann in einem altehrwürdigen Sessel, rauchte ungeniert und las vertieft in einem Kunstkatalog, einer angenehmen anspruchsvollen klassischen Musik lauschend.

Nach einem Alleingang durchs kleine Geschäft kehrte ich zurück zum Eingang mit meinen Entdeckungen unter dem Arm (*Feiglinge*, von Škvorecký, *Der Scherz* von Kundera und *Erzählungen* von Gorki).

Dort fragte ich den Ladenbesitzer, ob er noch weitere Exemplare tschechischer Literatur hatte. Ungern unterbrach er seine Lektüre und teilte mir trocken mit, als ob ich mich nach Unanständigem erkundigt hätte:

„Ich habe gar kein Buch aus Tschechien!"

---

30 *Den großartigen Roman* Tod am Meer *von Werner Heiduczek (1977) gab es als Zugabe. Obwohl dieser eher in der DDR, Polen und Bulgarien spielt, ist er mit dem Werk von Josef Škvorecký seelenverwandt und damit hier gut gehoben.*

Ich zeigte ihm meine Ernte. Da erwiderte er prompt:

„Kundera ist doch Franzose! Vom anderen hab'ich noch nie was gehört."

In einem Anfall von Nettigkeit und Oberlehrertum erklärte ich ihm in ein paar Worten wer Škvorecký war und welche Rolle er für die tschechische Literatur als Autor und Verleger verbotener Werke im Exil zwanzig Jahre lang gespielt hatte. Halbabwesend hörte er zu und fing plötzlich an zu erzählen:

„Interessant. Von Böhmen kenne ich nur Prag, eine schöne Stadt. Da habe ich einmal einen französischen Freund besucht, der damals dort wohnte. Es hat sich wirklich gelohnt, einen Kenner an der Seite zu haben. Der hat mir alles gezeigt und erklärt, wie die Stadt durch zwei Einflüsse stark geprägt ist."

Da machte der Buchhändler eine kleine dramaturgische Pause. Ich spielte mit und fragte brav wie der berühmte Soldat mit leichtem Bauchansatz:

„Und welche?"

„Ganz einfach..." fuhr er fort, *„der erste Einfluss ist der amerikanische, gut sichtbar an den vielen Jazzklubs. Bop haben wir gehört. Echt gut. Also amerikanisch."*

Ich sagte nichts mehr. Er kam von allein auf die zweite Seite Prags:

„Der zweite Einfluss ist der deutsche. Wir waren in einer Bierkneipe, dort sah es genauso aus wie in Bayern."

Wer hätte das gedacht? Prag, amerikanisch und deutsch. Und sonst nichts. Ich bezahlte die Bücher und machte mich auf den Weg. Für diesen Tag hatte ich genug Fachwissen vom Experten erworben.

Eine Woche später in Bordeaux im Schatten des vom französischen Karosserieverband warm empfohlenen Parkhauses im ehemaligen Palais des Sports wühlte ich schon wieder in Bergen von Büchern aus zweitem Auge. Diesmal war alles durcheinander und mit reichlich Staub bedeckt. An der Kasse erwartete mich jedoch ein Déjà-entendu-Erlebnis:

„Kundera, der ist doch Franzose!"

Ok[31]. Letztendlich habe ich es auch so selbstgeschrieben. Beim nächsten Buch freute mich der originellere Kommentar des Verkäufers umso mehr:

„Woher soll ich wissen, dass der kein Engländer ist?"

Gemeint war der in einer deutsch-jüdischen Kleinbürgerfamilie in Mähren geborene Artur London, der als stellvertretender Außenminister der Tschechoslowakei nach seinem Buch *„Ich gestehe. Der Prozess um Rudolf Slansky"* und dessen Verfilmung unter dem Titel *„Das Geständnis"* durch Constantin Costa-Gavras mit Yves Montand und Simone Signoret in den Hauptrollen auf nicht beneidenswerte Art und Weise weltberühmt wurde. Siehe den traurigen Blick von Yves Montand auf dem Buch in meiner Hand...

Dass Artur London bereits 1939 bei der französischen Résistance aktiv war und ab 1968 in Frankreich bis zu seinem Tod im Jahr 1986 im Exil lebte, soll hier erst gar nicht erwähnt werden.

Wieder hatte ich mich im Kreis gedreht: von Frankreich über Deutschland nach Tschechien und zurück zum Ausgangspunkt. Und war startklar für die nächste Runde.

Suchen heisst leben oder so ähnlich hätte es Fernando Pessoa, der vielleicht böhmischste aller portugiesischen Autoren vermutlich formuliert.

---

31 *Sorry! Typischer amerikanischer Einfluss. Nach mehreren Prag-Aufenthalten unausweichlich.*

Nachwort[32]

Zwischen der Veröffentlichung der Originalausgabe dieses Büchleins auf Deutsch und die dieser Neuauflage auf Deutsch und Französisch sind drei Jahre vergangen. Und beinah wäre alles glatt gegangen. Hätten nicht Sa, Ba, Dou und ich nach Sonne und Frühling hungernd, durstig nach Bier und Abenteuer im April 2018 von Berlin aus in Richtung Süden für die *Tour de Prague herum* die Leinen losgemacht.

Noch ganz im Banne der *Karlsteiner Vigilien*, Buch von František Kubka, in dem die Zeit von Karl VI., König von Böhmen und Kaiser des Heiligen Römischen Reichs zum Leben erweckt wird, beschäftigte mich die Frage: *Karl, Karel… war er Deutscher, Tscheche oder beides?* Sie werden es kaum glauben, die Antwort variiert je nach Quelle. Einig sind sich alle nur darüber, dass er Luxemburger war und seine Mutter Tschechin.

Unsere erste Etappe, die Stadt Görlitz in der Lausitz, ehemaliges Nebenland der Böhmischen Krone, seit 1945 halb deutsch, halb polnisch *(Zgorzelec)*, halb sächsisch (auf der deutschen Seite), halb schlesisch (auf beiden Seiten!) hat uns gleich herausgefordert: mit zweisprachigen Straßenschildern in Deutsch und Sorbisch, Speisekarten in Deutsch und Polnisch sowie polnisches Personal in den Gaststätten im Stadtzentrum. Europäische Geschichte ist kein leichtes Thema!

Görlitz, eine der wenigen deutschen Altstädte, die im zweiten Weltkrieg verschont wurde, ist noch einmal davongekommen. Schick sieht sie aus und hat immer noch eine gewisse Ähnlichkeit mit den Städten des früheren Oberlausitzer Sechsstädtebunds, welcher im vierzehnten Jahrhundert unter Karl dem IV., böhmischer König florierte…

Kaum hatten wir Berlin verlassen war unsere Tour de Prague im vollen Gange!

---

32 *Basiert auf dem Vorwort zur französischen Auflage (2018)*

Wer der Neiße Richtung Süden folgt, in einer hügeligen und lächelnden Landschaft, die uns während der ganzen Reise begleitete, erreicht bald Zittau, eine andere ehemalige Stadt des Sechsstädtebunds. Auf den ersten Blick hat die Altstadt an sich wenig *Böhmisches*. Jedoch stammt die berühmteste lokale Sehenswürdigkeit aus der Zeit, in der Zittau, Grenzstadt zum böhmischen Königreich, zum Teil vom Handel mit diesem renommierten Nachbarn gut lebte. Ich habe nicht vor ein Buch über Zittau zu schreiben, aber noch weniger Lust dazu diese fantastische Geschichte zu verschweigen.

Hier ist sie in wenigen Worten: im Jahr 1472 schenkte der reiche Getreide- und Gewürzehändler der Kirche ein gigantisches Fastentuch[33] von großer Schönheit. Dieses Tuch, ein sehr lebhafter biblischer Comic, wurde zweihundert Jahre lang in der Johanneskirche auf dem zentralen Marktplatz jedes Jahr zu Ostern ausgestellt. Zwischendurch war sie im Gebäude gelagert. Die Kirche, wie auch große Teile der Stadt, wurden im Jahr 1757 durch einen Brand zerstört, als Folge einer Bombardierung durch österreichische Truppen.

1840 wurde das Tuch durch Zufall unversehrt wiederentdeckt. Es wurde in Dresden ausgestellt wo es bis 1876 blieb bevor es den Weg nach Zittau wiederfand. Nach der Zerstörung Dresdens im Februar 1945, wie die der meisten deutschen Städte in diesem sehr mörderischen Jahresanfang, wurde das Tuch zur Sicherheit in der Ruine der Burg und des Klosters Oybin versteckt.

Sowjetische Soldaten fanden das Versteck, schnitten das Tuch in vier Stücke und nutzen diese, um die Wände des Dampfbads, das sie in einer Grotte am Fuss der Burg installierten, zu bedecken. Nach ihrer Abreise entdeckte ein Dorfbewohner das Tuch voller Schlamm im Wald.

Erst nach dem Mauerfall und mit Unterstützung einer Schweizer Stiftung wurde das ziemlich verblichene Tuch, das inzwi-

---

33 *8,20 x 6,80 m, 58 m²*

schen in siebzehn größeren und zahlreichen kleinen Stücken vorlag, sorgfältig zusammengenäht. Seit 1999 ist es die Hauptsehenswürdigkeit der Kirche des Heiligens Kreuzes, die in ein Museum umgewandelt wurde. Die europäische Geschichte...

Und wo bleibt Böhmen in all dem? Ganz einfach, es hat uns mit Glück erfüllt: die Basaltorgeln von Novy Bor und das Böhmische Paradies, Náchod [34], Geburtsstadt von Josef Škvorecký, Kutná Hora, die ehemalige Rivalin von Prag, Tábor, die Hussitenstadt noch mit Osterndekoration, die Führung im Schloss Rožmberk hoch über der Vltava, die zisterziensische Abtei von Vyšší Brod, Holašovice, das Musterdorf, České Budějovice, dynamische regionale Hauptstadt mit einem frisch renovierten Stadtzentrum voller Leben...

Schaufenster am Fuss des Schwarzen Turms, České Budějovice, April 2018

---

34 *Und ein erstes hervorragendes böhmisches Abendessen im Restaurant des Schlosshotels... (Zámecký hotel U Rajských v Náchodě)*

Písek, die alte Steinbrücke, von der Terrasse des Café Mozart aus besonders schön anzuschauen, Blatná, sein von Wasser umgebenes Renaissanceschloss mit einem Park voller jahrhundertealter Bäume und neugieriger Rehe, Roudnice nad Labem, das Elbtal und die Böhmische Schweiz, das waren die Hauptsehenswürdigkeiten, die wir (wieder)-entdeckten, in einer frühlingshaften Landschaft, grün wie ein Reisfeld, mit Blumen gespickt, Weißdornbüschen und Waldblüten in allen Farben...

Kein Wunder, dass guter Honig in Böhmen recht häufig anzutreffen ist. Wir haben gleich mehrere große Gläser nach Hause gebracht. Seit einer Reise im vorigen Jahr nach Bulgarien ist unser Honigverbrauch (zusammen mit Joghurt und Waldnüssen) umgekehrt proportional zum Angebot in den Geschäften der deutschen Hauptstadt gestiegen.

Ba würde gern nebenbei hinzufügen, dass die Vielfalt der Landschaftsformen sich durch den geologischen Reichtum des Untergrunds erklären lässt, Sandsteine lassen den Platz für Granit, Lava (die Orgel und viele niedliche, kleine Vulkane), Kalkbänke und schließlich Schieferfelsen.

Das führt zu zahlreichen hübschen Felsprüngen, die meisten davon mit renovierten oder ruinierten Gebäuden, Burgen, Kirchen, Klöstern oder Beobachtungstürmen. Dieses Mal haben wir mit eigenen Augen den mythischen Berg Blaník und seinen zwei Gipfeln *(auf dem Weg nach Tábor)* und sogar seinen Konkurrenten den heiligen Berg Říp *(bei Roudnice nad Labem)* gesehen. Mangels Zeit haben wir uns damit begnügt, am Fuss des Ersten einen türkisch-tschechischen Kaffee zu trinken und am Fuss des Zweiten bei achtundzwanzig Grad an einem zwanzigsten April zu Mittag zu speisen! Der Zugang zum heiligen Berg war gesperrt, da seine Hänge ein großes Rummelfest beherbergte.

Die Stars der Reise, Český Krumlov und Karlovy Vary, haben sich auch an ihr Versprechen gehalten. Die erste, tagsüber von Chinesen überlaufen haben wir gleich in Činský Krumlov umgetauft, die Zweite lag vollständig in russischen Händen. Beide sind fantastisch renoviert, wunderschön und haben ihre ganz eigenen Reize bewahrt.

Schlossturm, Český Krumlov, April 2018

Ba, schon wieder sie, hat in ihrer Art den Schock beschrieben, den sie beim ersten (nächtlichen) Spaziergang durch Český Krumlov erlitten hat:

„Wie kann bloß eine Stadt, deren Name ich vor zwei Tagen noch nie gehört hatte, mir dermaßen gut gefallen?"

Von da an sind wir durch jede Gasse der Stadt von unten bis oben und zurück geschritten. Von unserer wunderschönen Pension *(Athanor)* auf dem Hügel mit dem Rosengarten in dem sich das Atelier von Schiele versteckt bis zum frisch renovierten ehemaligen Konvent der Klarissen, den Ufern, Brücken, Hinterhöfen und Gärten entlang. Es ist das Wunder von Český Krumlov: schon beim ersten Besuch weiss jeder, dass er eines Tages wiederkommen wird, für eine Stunde oder einen Monat, zu (fast) jeder Jahreszeit.

Dass es noch traditionelle Gaststätten wie *Na Louži*, mitten in Český Krumlov noch gibt ist wohl auch ein Wunder. Umso besser, da wir Wunder lieben! Sowie auch in Essig zusammen mit Weißkohl, Paprika und Kräutern ertrunkenen Würste (*utopenci*, eigener Export: sechs Gläser), mit Knoblauch geriebenen getoastetes Roggenbrot, gegrillte Karpfen aus Třeboň mit Jungspinat, Schweineleber nach altböhmischer Art, Eierkuchen jeder Couleur (von den *lívance* zu den *palačinka*), *koláč* mit Mohn, Weißkäse oder Pflaumenmuss, *štrůdl* mit Äpfel und Nüssen, noch heiße *trdelniki*, in Zimtzucker gerollt, *knedliki*...

Wobei, was Letztere betrifft, diese salzigen und süßen, auf Kartoffelbasis oder Brotkrümel mit und ohne Speck oder Pflaumenmuss, es muss gesagt werden, dass die Meinungen hierzu etwas geteilt waren. Dou, sich selbst treu, hat natürlich alles aufgegessen, aber mit Vorliebe *brambory*, es heisst nicht knödelisierte Kartoffel. Wenn wir ihm zugehört hätten, wären wir in der Nähe von Kutná Hora in der gleichnamigen Stadt die ganze Zeit geblieben. Oder, alternativ, am Fuss des Beobachtungsturms Diana, einige hundert Meter Fluglinie unserer lokalen Herberge Grand Hotel Pupp entfernt, am Imbissstand mit den frisch gebratenen *bramborák se zelím*.

Schon wieder hatten wir Glück. Da viele Orte erst ab Mai zu besichtigen sind (wir kommen wieder!) war die sommerliche Temperatur für Wanderungen bestens geeignet. Wir sind jeden Tag etwas mehr gelaufen, um schließlich vor den erstaunten Augen der Kurteilnehmer aller Teile Russlands, die deshalb ihr hochheiliges Foto-Shooting vor der ehrwürdigen blütenbedeckten Magnolia im Park Dvořák kurz unterbrachen, den Weltrekord zu schlagen.

Bezüglich des schönsten aller Kurorte hat mich die Wiederbegegnung mit dem Schwimmbad aus Beton, das mich vor zehn Jahren so irritiert hatte, sehr überrascht. Es ist zwar hässlich aber eher am Rande gelegen und daher unwichtig. Was gar nicht der Fall ist der *Vřídelní kolonáda*, bei den Thermen der kochenden Quelle, zwischen 1969 und 1975 zwischen der eleganten Markttherme aus weiß gestrichenem Holz und der

Sankt-Magdalena-Kirche errichtet. Ein Fall für kategorische Fans des Stahlbetons, den ich aus meinem Gedächtnis völlig gelöscht hatte.

Die Vorbereitung dieser Reise hat zu zwei Wiederentdeckungen geführt: Fotos von einem Besuch in Görlitz aus dem Jahr 2008, seither als verschollen geglaubt, in den Tiefen meines Computers versteckt sowie Aufnahmen von einer Reise zu zweit (mit Sa) in Prag im Juni 2000, als wir gerade von einer Autotour durch Böhmen-Mähren-Slowakei-Ungarn zurückgekehrt waren. Bisher ging das Gerücht um, dass der dramatische Schluss der *„Ersten Kleinen Prager Geschichte"* allein meiner blühenden Fantasie zu verdanken war. Eine auf dem Dachboden liegende Diabox brachte den letzten Beweis für die Authentizität der Erzählung. Die Zeit vergeht schnell und man vergisst noch schneller. Alles oder fast alles. Was man besucht hat und wann der Besuch stattfand, seine eigenen Geschichten und selbstverständlich auch die Geschichte der besuchten Länder.

Eine gute Lösung gegen das Vergessen: lesen. Zum Beispiel die Reden von Vaclav Havel aus den Jahren 1990-1991, meine Bettlektüre während dieser letzten Reise. Texte, die kein bisschen altmodisch wirken, vorausgesetzt man empfindet Optimismus und Naivität in der Politik nicht als hoffnungslos überholt. Was heutzutage und das nicht nur in der Tschechischen Republik als Neigung zur Träumerei gedeutet werden kann.

Außer lesen hilft auch schreiben. Der Text kann notfalls mit persönlichen Fotos wie in dieser Auflage verziert werden. Der Titel der deutschen Fassung lautet „Böhmische Silberhochzeit", diskrete Anspielung auf meinen ersten Pragbesuch 1990 direkt nach meiner Hochzeit mit Sa. Beim bisher letzten Aufenthalt im Jahr 2014 wurden wir mit der Gedenkfeier an den Beginn des ersten Weltkrieges vor hundert Jahren direkt konfrontiert. Das gehört bereits zur Vergangenheit. Mit großen Schritten nähern wir uns dem Ende dieses schrecklichen Gemetzels, hundert Jahre später.

Und wenn wir schon dabei sind, wir die aus unserer Frühlings-
kur rund um Prag vergnügt zurückgekehrt sind, wie könnten
wir die fünfzig Jahre des *Prager Frühlings* ignorieren?

Die Freude der Bürger, als sie Monate lang glaubten, die Dikta-
tur durch ein humanes System zu ersetzen, und das blutige
Niederwalzen dieses Versuchs, der einzigartig blieb, durch die
Truppen des Warschauer Paktes.

Wie ist es möglich, dass für beide, zwar eng zusammenhän-
gende, jedoch klar getrennte Ereignisse nach einem halben
Jahrhundert der gleiche Begriff benutzt wird?

Trinken, um zu vergessen? *Prager Frühling 1968 – Pivnice*, so
heisst der Bierausschank, der letztes Jahr von Luděk Pachl in
Berlin-Pankow eröffnet wurde. Eine Einrichtung ohne jeden
politischen Bezug, wie Luděk, der Erfinder, Boss, Künstler des
tschechischen Geschäfts, Bistrots und der Galerie TUZEX in
Prenzlauer Berg seit 2009 (und nun geschlossen...) betont.

Aber sagen Sie mir, dieses angeblich neue Nachwort ist das
nicht nur ein billiger Vorwand für eine neue *Kleine Prager
Geschichte* (praktisch ohne Prag)?

Basaltorgeln, Novy Bor, April 2018

Mockrát děkuju! – Dankeschön!

Bedanken möchte ich mich zuerst bei meiner Frau Sabine, ihrem Vater Gerhard, meinen Eltern Marcelle & Louis-Clément. Wofür genau ist nicht relevant. Ohne sie wäre ich nicht ich.

Für die kritische Korrektur des Textes und die Suche nach dem verlorenen Konzept bin ich Sabine, Henry, Annelie, Peter, Dalik, Marika, und insbesondere Matthias bis in die Ewigkeit dankbar. Wohl wissend, dass alles ein Ende hat.

Herrn Dušan Robert Pařízek und seinem Team von Schauspielern und Musikern des Festivals tschechischer Kunst und Kultur e.V.[35] sowie der Tschechischen Botschaft in Berlin,

Frau Hana Rosenkrancová, von der Nationalen Galerie Prag für ihre Unterstützung bei der Suche nach dem Erschaffer der weißen Zwerge,

Herrn PhDr. Jan Roubinek, Direktor und Frau Michaela Dostálová, Dokumentationsabteilung der Gedenkstätte Theresienstadt für die freundliche Genehmigung zur Wieder-Veröffentlichung des Gedichts „Cso jsem? - Was bin ich", von Hanuš Hachenburg,

Sylvie Babin und Michel Géron, furchtlose Weltbummler, dabei leicht gierig,

Matthias Franz, Kenner und Liebhaber Tschechiens, für seine freundliche Kritik dieses Büchleins und die großartige Erweiterung meines Horizontes,

bin ich ebenfalls zu Dank zutiefst verpflichtet.

ĴP Bouzák, Panketal, im Dezember 2018

---

[35] Spenden: HVB Berlin, IBAN DE04 1002 0890 0312 6059 61

An der großen Magnolia, Park Dvořák, Karlovy Vary, April 2018

Das haben die Herren gesagt:

> *« Je pense à toi Desnos qui partis de Compiègne,*
>
> *Comme un soir en dormant tu nous en fis récit,*
>
> *Accomplir jusqu'au bout ta propre prophétie,*
>
> *Là-bas où le destin de notre siècle saigne. »*

Louis Aragon

Aus dem Gedicht *« Complainte de Robert le diable »*, in *« Les Poètes »* (1960), vertont von Jean Ferrat (1971)

Robert Desnos, französischer Dichter, Journalist und Widerstandskämpfer (4. Juli 1900, Paris; 8. Juni 1945, Theresienstadt)

> *„Ich bin Schriftsteller und meine Berufung habe ich immer als die Pflicht begriffen, die Wahrheit über die Welt zu sagen, in der ich lebe, von ihren Schrecken und Miseren zu berichten, also eher zu warnen als Anleitungen zu geben. "*

Václav Havel

in *„Fernverhör – Ein Gespräch mit Karel Hvížďala"* (1986), rororo, S. 14

96

> *„Was kann ich noch für Sie tun?"*
>
> *„Sonst nichts"; sagte sie.*
>
> *„Bloß nicht, ich bitte Sie. Ich muß unbedingt etwas für Sie tun!"*
>
> *„Warum? Dafür gibt's doch kein Gesetz."*
>
> *„Doch, rein zufällig. Und zwar ein sehr strenges!"*
>
> *„Was Sie nicht sagen!" wunderte sich das Mädchen. „Das hab' ich gar nicht gewusst. Ist es ein Reichs- oder ein Protektoratsgesetz?"*
>
> *„Ein Weltgesetz"; sagte ich. „Es wird von allen kriegführenden Parteien anerkannt. Wenn ich mich nicht daranhalte, werde ich ganz bestimmt bestraft."*

Josef Škvorecký

In **„Eine prima Saison – Ein Roman über die wichtigsten Dinge des Lebens"** (1997), Deuticke, S. 59

> *„Ich kann mich drehen und wenden, wie ich will – ich bleibe in all meiner Müdigkeit hellwach. Wir fahren durch Böhmen! Nach einem Jahr bin ich endlich wieder hier, um mich von Berlin auszuruhen."*

Matthias Franz

In *„Befleckte Barrikade"*, aus **„Reise nach Prag"** (1999), S. 20

Aussicht vom Schloss auf die Altstadt, Český Krumlov, April 2018

Über JP Bouzac

... in der Stadt Cognac, in/an der Charente, (jetzt Teil der Region Nouvelle Aquitaine) geboren, lebt seit vielen Jahren zwischen Berlin & Brandenburg, Grand Cognac und irgendwo auf dem (noch) blauen Planeten.

Fleißiges Studium der Natur- und Geisteswissenschaften in Poitiers, Indien, Aachen und Berlin. Lernt jeden Tag etwas dazu, meist in der Berliner S-Bahn, wenn diese fährt.

(Mitunter unerwünschte) Erfahrungen als Weinerntehelfer, Vielreisender, Schichtarbeiter, Mathe- und Oberlehrer, Besatzungssoldat, Cognac-Importeur, Innovations- & Nachhaltigkeitsberater, (Ur)-Großonkel sowie Kultur- und Naturfreund...

Autor zahlreicher Kurzgeschichten und unzähliger Vermerke und Berichte für diverse Verwaltungen.

Zweisprachiger Preisträger (als echter Südfranzose und als falsche West-Berlinerin...) des Wettbewerbs *„40 deutsch-französische Geschichten"*, der vom Deutsch-Französischen Alterswerk anlässlich des 100. Jubiläums des Elysée-Vertrages ausgelobt wurde (DFJW, 2005).

Auch als bildender Künstler tätig: Fotografie, Zeichnen, Malerei, Linolschnitt, Bildhauerei, Keramik.

Sonderpreis der Jury beim Wettbewerb *„Berlin – mein Weg in Europa: Polnische Stationen in der deutschen Hauptstadt"* (Polnischer Sozialrat, Europawoche 2015)

Mitgründer des deutsch-polnischen Kulturvereins „SprachCafé Polnisch e.V." in Berlin-Pankow.

Bisher hat JP Bouzac folgendes veröffentlicht:

- *20 Jahre in Preußen,* Kurzgeschichten, zweisprachig plus eine Story auf Polnisch (Rhombos Verlag, 2007)

- *Rendez-vous mit Polską, Polnische Erfahrungen eines Deutsch-Franzosen,* eine Art Liebeserklärung an Polen (fonduja, 2014)

- *Böhmische Silberhochzeit* (fonduja, 2016) sowie französische Fassung unter dem Titel *Noces de velours* und diese Ausgabe auf Deutsch (fonduja, BoD, 2018)

- *Les trente petits – Die dreißig Kleinen,* Bilder von kleinen afrikanischen Tieren mit kurzen Texten in Deutsch und Französisch, (fonduja, BoD, 2018)

In Französisch liegt noch vor:

- *Ma guerre froide,* Bericht über seine Erlebnisse als Soldat in Berlin vor dem Mauerfall und als *Veteran* zwanzig Jahre später (fonduja, 2013)

- *MI-TEMPS, 40 ans de bavasseries (76-16),* Prosa und Gedichte aus vierzig Jahren, (fonduja, BoD, 2017)

Beiträge zu Büchern von Henry Spietweh:

- *Zu Störung im Betriebsablauf – Geschichten vom Reisen, Unterwegssein und Ankommen* (Lulu, 2012, Französische Fassung, BoD, 2016)

  Drei interkulturelle Geschichten: Twin beds, Der Unfall, No man's land

- *Zu Die Wechselstellung unter Kollegen: Neue Geschichten vom Reisen, Unterwegssein und Ankommen* (BoD, 2018)

  Die gastronomische Geschichte: Doccia globale